KB076805

만남으로
로그인

※이 책의 일부는 충남문화재단의 지원을 받아 제작되었습니다.

조재도 3부작 청소년소설

만남으로
로그인

2017년 11월 30일 제1판 제1쇄 발행
2018년 10월 22일 제1판 제2쇄 발행

지은이   조재도
펴낸이   강봉구

펴낸곳   작은숲출판사
등록번호 제406-2013-000081호
주소   413-120 경기도 파주시 신촌로 21-30(신촌동)
전화   070-4067-8560
팩스   0505-499-8560

홈페이지 http://cafe.daum.net/littlef2010
이메일   littlef2010@daum.net

©조재도

ISBN 979-11-6035-031-9 43810
값은 뒤표지에 있습니다.

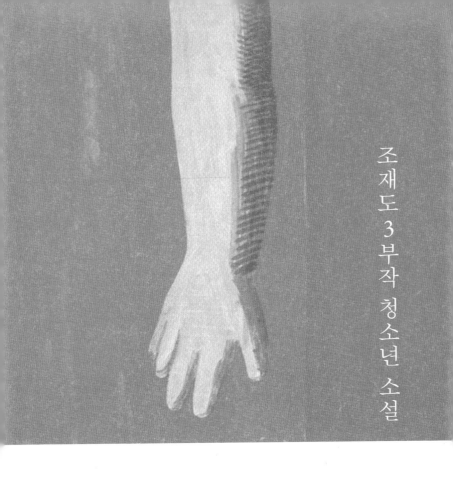

조재도 3부작 청소년 소설

만남으로 로그인

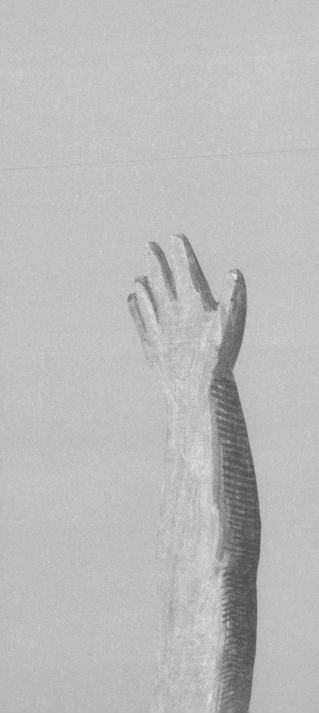

1

문의 손잡이가 얼음보다 차가웠다. 나는 춥고 급한 마음에 힘을 주어 손잡이를 돌렸다. 문은 열리지 않았다. 눈보라를 실은 겨울 찬바람이 사정없이 내 몸을 할퀴고 지나갔다. 나는 두 손을 모아 입에 대고 입김을 불며 문을 두드렸다. 한참 후 안에서 문이 열렸다. 나이 든 아줌마가 문을 열어 주었다.

"어서 들어와."

그녀가 문을 연 채 내 팔을 끌어당겼다. 안으로 들어섰다. 따뜻한 실내 공기가 물밀듯이 밀려들었다. 순간 나는 나도 모르게 어깨를 떨며 진저리쳤다. 높은 말울음 소리를 내며 밀려든 찬바람이 사납게 문틈을 파고들었다.

"뭔 날씨가 이렇게 사납댜."

아줌마가 두 손으로 문을 꽉 잡아당겨 닫았다. 딸깍 문 닫히는 소리가 났다.

"어디서 왔어? 학생인가 어른인가?"

아줌마가 나를 위 아래로 훑어보았다. 그때 현관문이 열리고 한 떼의 아이들이 우르르 쏟아져 나와 나를 보고 수군거렸다.

나는 무슨 말을 해야 할지 몰라 우두커니 서 있었다.

"여기 있으려고 온 건가?"

아줌마 말에 내가 고개를 끄덕였다.

"그럼 얼른 올라와."

아줌마가 안으로 들어서자 몰려 있던 아이들이 옆으로 비켜
섰다.

"원장님 위에 계신가?"

아줌마가 앞서 이 층으로 올라갔다. 나는 아줌마 뒤를 따라
계단을 올라가며 실내를 한번 휘 둘러보았다. 아래 층 거실 한
가운데 있는 티비에서 농구경기를 중계했다. 아줌마가 [내실
1]이라고 쓴 방문 앞에 섰다. 노크하자 안에서 사람 목소리가
들렸다. 아줌마가 문을 열어 준 후 나에게 들어가라고 했다.

원장님은 오십 대 중반 되는 머리가 희끗희끗한 사람이었다.
두꺼운 뿔테 안경에 몸집이 좋았다. 그가 나에게 소파에 앉으라
고 했다. 소파는 오래된 것이어서 팔걸이가 닳아 반질거렸다.

"학생인가?"

나는 그의 물음에 대답하지 않았다.

"학생 아닌가?"

이번에도 대답하지 않았다.

그가 의자에서 몸을 일으켜 나에게 다가왔다.

"너무 긴장한 것 같은데, 우선 차부터 한잔해."

그가 내 어깨를 가볍게 짚으며 아래층에 차를 부탁한다고 했다. 잠시 후 아줌마가 찻잔을 들고 올라왔다. 끓인 누룽지에서 나는 듯한 구수한 냄새가 코끝에 번졌다. 차를 한 모금 마시자 뜨거운 기운이 목구멍에서 아랫배까지 일직선으로 내려갔다. 나는 나도 모르게 부르르 몸을 떨었다.

"이 차가 둥글레 차야. 신경 과민과 피로 회복에 좋지."

그러면서 그가 맛이 어떠냐고 했다. 나는 맛있다고 했다.

"수험생들이 공부할 때 마시면 좋아. 너무 많이 마시면 부작용이 있지만."

그러면서 그가 내 이름을 물었다.

"안평대입니다."

"평대는 여기가 어딘지 알지?"

내가 그렇다고 하자, 원장님이 뭐하는 곳이냐고 다시 물었다.

"가출 청소년 보호하는 곳입니다."

"그래 잘 말했어. 여긴 가출한 청소년들이 있는 곳이야. 그런데 여긴 어떻게 알고 왔어?"

"시내버스에 붙어 있는 광고 보고 알았어요. 그래서 전화해서…."

"오, 그래? 시내버스에 우리 온화청소년쉼터 광고가 있단 말이지? 거기 뭐라고 되어 있는데?"

"가출해 갈 곳 없는 청소년들을 보호한다고요."

"그래 맞아, 잘 왔어. 평대는 가출한 지 얼마나 됐지?"

"15일쯤요."

"15일? 오래됐네. 그동안 어디서 지냈어?"

"여기저기 친구 집에."

"친구 집? 친구가 많은가 보지? 요즘 아이들은 가출했다고 친구 안 재워 준다는데. 돈도 다 떨어지고? 학교는?"

그 말에 내가 손가락을 만지작거리며 아무 말도 하지 않았다.

"그래 좋아. 자세한 얘기는 차츰 하기로 하고. 여긴 정원이 모두 일곱이야. 여덟 명까지 있을 수 있는데, 그 이상은 어려워. 지금 마침 여섯이 있으니까 평대 네가 있을 수는 있어. 여기 생활 규칙이라든가 이런 건 사무장이 잘 얘기해 줄 거야."

원장님이 나를 데리고 옆방으로 갔다. 방문에 [내실 2]라고 쓰여 있었다. 문을 열고 들어서자 안에 아무도 없었다. 이 사람 어디 갔지? 혼잣말하며 원장님이 밖으로 나갔다. 나는 내부를 둘러보았다. 원장실과 사무장실은 크기나 구조가 똑같았다. 다만 사무장실에는 원장실과 다르게 1인용 침대가 놓여 있었다. 사무장이 쉼터에서 자는 것 같았다.

벽에 걸린 시계가 세 시 반을 가리켰다. 배가 고팠다. 아침 점심을 먹지 못해 배가 쓰릴 지경이었다. 아래층에서 나는 티비 소리와 아이들 이야기 소리가 계단을 타고 올라왔다. 나는 엉거주춤 서서 사무장 책상 위를 살펴보았다. 알 수 없는 책이 펼쳐져 있고, 성경책과 책상 바닥에 '수고하고 무거운 짐 진 자들아. 다 내게로 오라. 내가 너희를 쉬게 하리라.(마태복음 11:28 ~ 30)'라는 글귀가 붙어 있었다. 침대 위에는 담요가 정갈하게 개켜져 있고 그 위 야트막한 베개가 반듯하게 놓여 있었다.

사무장이 들어왔다. 그는 바깥에서 일하다 왔는지 귀와 코끝이 빨갛게 얼어 있었다. 머리가 짧고 젊어 누가 보아도 이제 막 군대에서 제대한 사람 같았다. 그가 몰고 온 바깥바람이 피부에 차갑게 와 닿았다.

"안평대라고?"

그가 두 손을 비비며 책상 서랍을 열었다.

"우선 입소 카드부터 쓰자."

그가 종이 한 장과 볼펜을 내밀었다. A4 용지 크기에 연노랑색으로 된 빳빳한 종이였다. 나는 책상에 엎드려 카드를 썼다. 카드에는 여러 칸이 있었다. 이름, 주소, 다니던 학교, 학년, 담임 이름, 이곳에 오게 된 동기 등. 그러나 나는 쓸 말이 많지 않았다. 나는 한 손으로 볼펜을 돌리며 다른 손으로 카드를 만지작거렸다. 사무장은 무엇을 찾는지 책상 서랍을 뒤적였다. 내가 아무것도 하지 않고 물끄러미 그를 바라보자 그가 나에게 손을 내밀었다. 나는 카드를 그에게 주었다.

"이름하고 주민번호밖에 안 썼네. 여기 이 빈칸도 다 써야지."

"쓸 게 없어요."

"학교 안 다녔니?"

"다녔어요."

"그럼 다니던 학교 써야지. 어디 학교 몇 학년인가. 그리고 집은 없어?"

나는 아무 말도 하지 않은 채 고개를 숙였다. 학교와 집이라는 말에 나는 뭉개진 휴지처럼 목이 어깨 속으로 기어들었다.

학교와 집. 나 같은 아이들에게 '나다움'을 가장 유력하게 증거할 수 있는 것이 바로 학교와 집 아닌가. 그러나 나는 그 학교와 집에 대해 아무 말도 할 게 없었다. 나는 고개를 숙인 채 잡고 있던 엄지손가락만 맞부볐다.

"왜 무슨 말 못할 사정 있니?"

그의 목소리에 진지함이 묻어났다. 나는 아무 말도 하지 않았다.

"사정 있어?"

"아뇨."

내 목소리가 가늘게 떨렸다. 사무장이 크게 한숨을 몰아쉬었다.

"여기까지 온 이상 사정이 없을 순 없지. 있으면 다 말해. 나나 원장님이나 너희들 비밀은 지켜 주니까. 여긴 너희들을 돕는 곳이지 벌을 주거나 해치는 곳이 아니야. 그렇다고 우리가 너희 문제를 다 해결해 줄 수는 없지만."

그가 차분한 어투로 천천히 말했다. 내가 빈칸을 다 채우지 않았다는 것에 대해 책망하거나 화가 난 목소리가 아니었다. 그러나 나는 더 이상 할 말이 없었다. 학교도 집도 말하고 싶지 않았다. 그리고 주민번호를 쓴 이상 조회하면 나에 대한 신상정보가 다 나올 것 아닌가? 나는 그 말을 하려다 입을 다물었다.

어색한 침묵이 흘렀다. 나는 원장님의, 정원이 일곱인데 한 명이 비어 있어 쉼터에 내가 있을 수 있다는 말을 떠올렸다. 카드를 안 썼다고 내쫓진 않겠지, 이런 생각이 머릿속에 떠올라 계속 맴돌았다.

"좋아. 그렇다면 할 수 없다."

그가 카드를 책상 서랍에 넣으며 말했다.

"원래는 빈칸을 모두 써야 해. 그런데 얼마 전부터 기본적인 것만 써도 되도록 쉼터 규정이 바뀌었어. 요즘엔 이름도 안 밝히려는 애들이 많아. 어차피 잠시 있다 가는 건데 개인정보를 흘리고 싶지 않겠다는 거지. 이 쉼터에 있는 아이들도 본명을 안 쓰고 별칭을 써. 그러니까 자기들끼리도 이름을 모르지."

그러면서 그가 나도 별칭을 쓰겠냐고 물었다.

"어떤 별칭인데요?"

"응? 뭐, 알란, 조오, 크리스, 같은 거야."

"무슨 뜻이에요 그게?"

"몰라 나도. 자기들이 그렇게 쓰는 거니까. 아무튼 별칭을 쓰겠다고 하면 우리도 구태여 이름 안 불러. 별칭으로 부르지."

나는 그냥 내 이름을 쓰겠다고 했다.

"또 카드에 쓴 주소로 연락해 보면 아예 연락이 안 되는 경우도 많아. 부모들이 자식을 버리고 다른 데로 이사 간 거지. 연락이 돼도 앞으로 연락하지 마라, 그냥 거기 있게 내버려 두라는 사람들도 많고. 학교도 그래. 담임에게 연락해도 찾아오는 이가 거의 없어."

그가 수첩을 매만지며 말했다.

"이거 하나는 꼭 필요한데, 비상 연락처. 여기 있는 동안 무슨 사고가 나거나 아플 때가 있거든. 몸살감기 같은 건 여기서 치료하지만, 병원에 입원해서 수술을 해야 한다든가 하는 때가 있어. 그런 때를 대비해서."

비상 연락처라는 말에 순간 내 머리 속에 몇몇 사람들이 재빠르게 떠올랐다. 아버지, 엄마, 중학교 때 친구 마두배, 얼마 전까지 만났던 여친 이지수 등이었다. 그러나 나는 혀끝을 깨물며 마음속으로 급히 도리질쳤다. 누구에게도 연락할 수 없을 뿐더러, 특히 지수 얼굴이 떠오르자 급히 마음속에서 지워 버렸다.

"없어? 없으면 할 수 없지. 대신 아프지 말고 어떤 사고도 쳐서는 안 돼."

사무장이 빙긋 웃으며 책상에서 작은 리플렛을 가져왔다. 쉼터 생활에 대한 안내가 들어 있는 네 면으로 접힌 종이였다.

"여기는 가출 청소년이면 누구나 올 수 있는 곳이야. 그야말로 학생이든 학생이 아니든 가출해서 갈 곳 없는 청소년을 보호하는 시설이지. 원장님과 사무장인 나, 밥 해 주시는 주방 아줌마, 그리고 자원봉사자인 사감 선생님이 계셔. 지금 현재 쉼터 원생은 남자가 6명, 여자가 7명이야. 여자는 여기 말고 다른 건물에서 생활해. 원래는 단기생과 장기생이 있었는데, 쉼터 운영이 어려워 요즘 장기생은 안 받고 있어."

그가 말한 것에 궁금한 게 있느냐고 물었다.

"사감 선생님은 여기서 자나요?"

"아니, 안 자. 11시까지 계시다 집에 가서. 여기서 밤에 자는 사람은 나하고 주방 아줌마 둘이야."

"단기생은 얼마나 있을 수 있어요?"

"단기는 3개월. 3개월이 기본이고 부득이한 사정이 있으면 심의를 거쳐 6개월까지 있을 수 있어."

"그 다음에는 무조건 나가야 해요?"

"그렇지. 다른 아이들이 또 와야 하니까."

내가 더 이상 궁금한 게 없다고 하자,

"그럼 일어나자. 아참, 너 휴대폰 있지?"

그가 나에게 손을 내밀었다.

"여기선 휴대폰 사용과 음주가 금지되어 있어. 술은 못 마셔. 대신 흡연은 가능해. 꼭 전화할 일이 있으면 나나 원장님한테 말해. 그럼 휴대폰을 내줄 테니까."

그가 말한 후 앞장서 아래층으로 내려갔다. 티비 앞에 모여 있던 아이들이 일제히 고개를 돌려 나를 바라보았다.

"자. 여기 집합. 티비 끄고."

사무장이 손뼉을 치며 말했다. 아이들이 엉거주춤 모여들었다.

"오늘 새로 온 친구를 소개할게. 평대 네가 인사할래?"

사무장이 내 어깨에 손을 얹었다.

"반갑다. 안평대라고 해. 잘 부탁해."

내가 고개를 끄덕이며 인사했다. 그러자 곧바로,

"반갑다? 잘 부탁해? 이거 처음부터 완전 말 까네."

앞에 있던 키가 크고 덩치 좋은 아이가 히죽 웃으며 말했다.

내가 얼굴을 붉히며 노려보자,

"야, 조오. 너 그러지 말랬지? 너 내가 너한테 특별히 부탁한 게 뭐야? 여기 다 들리게 크게 말해 봐."

"부 – 상요."

"부상? 부상이 뭐야, 알아듣게 해야지."

"부드럽고 상냥하게요."

"그런데 지금 그 말투가 뭐야. 완전 말 까네? 그게 부드럽고 상냥한 거야? 그리고 평대도 처음 인사하는 자리인데 공손하게 해야지. 둘 다 다시 해 봐."

사무장이 말하며 어깨에 얹은 손에 힘을 주었다. 이번엔 실수하지 말고 잘하라는 뜻이 들어 있었다.

"반갑습니다. 안평대라고 합니다. 잘 부탁드립니다."

내가 허리 굽혀 인사하자 조오가 성큼 앞으로 나와 악수를 청했다.

"우리 쉼터에서 조오가 반장이다. 앞으로 둘이 잘 사귀어 봐."

사무장이 팔을 벌려 나와 조오를 감싸 안았다.

나는 원생들과 인사했다. 조오, 알란, 로키, 에기, 크리스, 스컹크, 이렇게 여섯이었다.

　조오는 키가 크고 몸집이 좋았다. 조오는 나하고 같은 고2였다. 겉보기에도 성격이 급하고 머리 지능보다는 몸의 힘을 믿는 그런 아이였다. 나는 조오 같은 아이들을 잘 알았다. 그들은 성격이 난폭하여 남을 괴롭히기도 하지만 늘 칭찬에 목말라 하고 누군가의 관심을 갈망한다는 것이다. 이 말은 양심의 가책 없이 약자나 자기와 비슷한 계열에 있는 사람을 못 살게 괴롭히지만, 자기보다 위에 있는 사람에게는 비굴할 정도로 아부 내지 복종한다는 것이다.

　로키와 크리스 스컹크는 나보다 학년이 낮았다. 로키와 크리스는 고1이었고, 스컹크와 에기는 중학생이었다. 그 중 가장 나이가 어린 아이는 에기였다. 스컹크가 중2, 에기는 중1이었다.

　나의 관심을 가장 강하게 끈 아이는 알란이었다. 알란도 고2, 나하고 같은 학년이었다. 얼핏보면 가출하여 이런 쉼터에 와 있을 거라고는 상상할 수 없을 정도로, 그의 얼굴과 몸에서 풍겨

나오는 인상은 한마디로 착실했다. 알란은 창백한 얼굴에 말도 차분하게, 그러나 어투를 분명하고 또렷하게 하여, 조금 의기소침해 있지만 그렇다고 자존심마저 꺾이지는 않았다는, 그런 인상을 주는 아이였다.

"이제 보니 나하고 알란하고 평대가 같은 학년이고 나머지는 다 후배네. 에기 크리스 록키 너희들은 앞으로 평대에게 형이라고 해."

조오가 명령조로 말한 후 나를 보고 씨익 칼웃음을 지었다. 그 웃음 속에는, 어때, 이곳에선 내가 대빵이지? 하는, 그러니까 너도 알아서 잘 모셔, 라는 의도가 깃들어 있었다.

2

사무장이 방을 배정해 주었다. 내 방은 현관 입구 오른쪽에 있었다. 조붓한 방에 작은 침대와 책상이 하나 놓여 있었다. 벽마다 자잘한 낙서가 군데군데 보였다. 침대 위 담요가 각이 잡힌 채 단정히 개켜져 있고, 그 위 베개가 놓여 있었다. 사무장 방에서 보았던 것과 구조가 똑같았다. 창문은 없었다.

"마음에 드니?"

나는 창문 없는 게 답답했지만 고개를 끄덕였다.

"여기는 처음 들어오는 사람이 현관 맨 오른쪽 방을, 그리고 나가는 사람이 맨 왼쪽 방을 써."

사무장 말에,

"그러니까 신참하고 최고참이 현관 양쪽 방을 쓴다 이거지."

조오가 옆에서 말했다.

쉼터는 일반 가정집 건물을 개조하여 쓰고 있었다. 위치도 대로변에서 얼마 떨어지지 않은 주택가였다. 남자 생활관과는 달리 여자 생활관은 이곳에서 15분 남짓 떨어져 있다고 했다.

"하지만 그게 어딘지 아무도 몰라."

에기였다. 에기는 키가 내 어깨에 닿을 정도로 작았다. 에기가 말하며 까만 눈을 반짝였다. 머리칼이 중학생답게 짧았고, 다이아몬드 형 얼굴에 윗니가 약간 튀어나와 얼핏 보면 토끼 같은 인상을 주었다.

"이건 누구한테나 반말이야."

스컹크가 에기 머리를 끌어다 겨드랑이에 끼고 목을 조였다. 에기가 켁켁대며 발버둥쳤다.

"넌 안 그래?"

옆에 있던 로키가 스컹크 뒤통수를 손바닥으로 갈겼다. 스컹크가 얼굴을 붉히며 왜 때리냐며 로키에게 달려들었다. 그 바람에 헤드록에서 벗어난 에기가 숨을 몰아쉬며 켁켁거렸다.

"니들 진짜 장난칠래?"

사무장이 소리치자 아이들이 짐짓 조용해졌다.

"안에 한번 둘러봐. 조오하고 알란이 안내 좀 해 줘."

조오와 알란이 나와 함께 가고, 다른 아이들은 티비 앞으로 몰렸다.

쉼터 내부는 거실과 식당으로 나뉘어져 있었다. 그 사이 접고 펼 수 있는 자바라가 설치되어 있어 두 공간을 때론 하나로 때론 둘로 나누어 썼다. 거실을 중심으로 원생들 방이 배치되어 있었다. 내 방 옆에 에기, 그 다음 알란, 조오, 맨 마지막 현관 옆 방이 로키 방이었다. 그러니까 방 배치로만 보아서는 우리 일곱 명 중 로키가 가장 먼저 쉼터에 들어왔고, 이제 얼마 안 있어 쉼터를 나가야 한다는 것이었다.

방문은 없었다. 누구나 거실에서 다른 아이 방을 들여다볼 수 있었다.

"여긴 창문도 없고 방문도 없어. 난 그게 진짜 싫어. 개인의 프라이버시가 없다는 게."

알란이 말했다.

"하지만 문이 없다고 비밀까지 없는 건 아니야. 누구나 비밀은 가슴 깊이 가지고 있지. 서로에게 말할 수 없는."

눈꺼풀을 내리깔고 중얼대는 듯한 소리로 알란이 말했다. 그의 목소리는 작았지만 나는 그의 말에 가슴이 철렁 내려앉았다. 나에 대해 꼭 뭔가를 알고 하는 소리 같아서였다. 알란이 뒤에 있는 에기를 돌아보며 말했다.

"에기 너도 비밀 있지?"

알란이 에기 머리를 부드럽게 쓰다듬었다. 에기가, 있어도 말

안 해, 하며 알란 옆구리에 머릴 기대며 얼굴을 붉혔다.

"쥐새끼 콩알만 한 게 무슨 비밀이야. 기껏해야 엄마 지갑에서 돈 훔쳐다 쓴 것일 테지."

조오가 에기를 끌어다 자기 앞에 세우며 그렇지 않냐고 했다. 에기가 아니라며 어리광부리는 아이처럼 조오 팔에 매달렸다.

비밀! 비밀이라는 말에 생각도 하기 싫은 그 때의 일이 내 안에 떠올라 가라앉지 않았다. 잿빛 과거 속에 묻혀 있던 그것이 어느 예기치 않은 순간 꾸물꾸물 일어나 눈앞에 선명하게 부각되어 지워지지 않을 때의 그 당혹스러움.

내가 말없이 주춤대자,

"어차피 비밀은 각자 가슴 속에 묻어 두는 것이고. 여기선 공동생활을 해야 하니까 방문이 없어도 어쩔 수 없어. 문이 있어서 닫고 있으면 그 안에서 죽을 수도 있잖아? 그런 사고를 방지하기 위해 방문이 없는 거지."

조오가 말했다.

우리가 같이 있는 것도 길어야 3개월이었다. 3개월 후면 누구든 쉼터에서 나가야 했다. 여기서 알게 된 관계가 쉼터 밖에까지 이어질지는 알 수 없지만, 아무튼 3개월이 되면 입소한 순서

대로 쉼터에서 나가 각자 자기 길을 가야 한다. 그런 우리들에게 비밀이라니. 비밀은 고사하고 이름도 밝히길 꺼려 별칭을 쓰는 데야.

각 방에 조그만 사물함과 침대 책상이 놓여 있다. 주방과 거실 한 면이 커다란 통유리로 되어 있어, 햇빛과 공기가 그곳을 통해 들어왔다.

조오 방은 해병대 사진으로 도배되어 있었다.

"난 빨리 학교 졸업하고 해병대 자원하는 게 꿈이야."

조오가 입술이 올라가도록 씩 웃음을 물었다.

"어때? 이 사진. 이게 바로 미래의 내 모습이지."

그가 붙여 놓은 사진 하나를 가리켰다. 아가씨가 해병대 군인에게 꽃을 선물하는 모습이었다.

"진짜 멋있다. 형 이건 뭐야?"

에기가 그 옆에 붙어 있는 사진을 가리켰다. 무장한 군인들이 고무보트를 타고 바다에서 육지로 상륙하는 사진이었다.

"이건 해병대 중에서도 특수수색대 사진이야. 특수수색대는 말 그대로 특수한 임무를 수행하는 부대지. 일반 병들은 엄두두 못 내."

"영화 실미도에 나오는 북파 공작원 같은 거?"

"그렇지. 바로 그거야."

에기 말에 조오는 신이 나 있었다.

"그렇지만 그 사람들은 나중에 다 죽잖아? 북한에도 못 가고."

"요즘엔 안 그래."

"요즘에도 북한에 가?"

"몰라. 갈 때도 있겠지."

"그런 해병대에 가겠다고?"

"그래. 난 고등학교 졸업하면 곧바로 해병대 자원해서 말뚝 박을 거야."

조오가 의기양양하게 말했다. 조오는 내가 봐도 딱 군인 체질이었다. 키도 크고 몸집도 좋은 데다 딱딱 부러지는 말투와 성격이 직업군인에 맞을 것 같았다.

"평대, 넌 운동 뭐 한 거 없냐?"

조오가 나를 돌아보며 말했다.

"응. 난 특별한 것은. 기계체조 좀 했어."

"기계체조? 기계체조는 유연하긴 한데 파워가 없잖아? 태권도나 권투 같이 타격할 때의 파워."

조오가 양손을 올려 권투선수 흉내를 냈다.

"넌 매일 생각한다는 게 힘, 파워, 해병대 같은 거지?"

그때까지 말없이 옆에 있던 알란이 조오에게 이죽거렸다. 알란 말은 조오를 노골적으로 경멸하지 않았지만, 듣기에 따라 기분 나쁠 정도의 비웃음이 묻어 있었다.

"누구나 꿈을 갖는 건 자유이자 권리지. 꿈꿀 권리도 없다면 인간은 더욱 비참해질 테니까. 하지만 어떤 꿈을 꾸느냐 하는 것은 좀 다른 문제라고 봐. 자기 처지에 맞게 꿈을 꾸어야 한다는 말이지. 이 말은 다시 말해 제 꼬라지를 알라는 거야. 우리 같은 밑바닥 애들은 평생 바닥이나 핥는 꿈을 꾸어야 하는데, 그렇다면 그것도 꿈일까? 꿈이 있든 없든 그렇게 살아야 한다고 사회적으로 정해져 있는데? 사진을 봐. 비록 사진이지만 이 여자하고 이 군바리하고. 어느 골 빠진 년이 너 같은 애한테 꽃을 바치겠냐?"

조오를 바라보는 알란 눈빛이 날카롭게 반짝였다. 조오가 굳은 얼굴로 주먹을 들어 알란 어깨를 툭 쳤다.

"넌 진짜 비호감이야. 입만 열면 빈정대거나 날 씹으니까."

조오가 얼굴을 일그러뜨리며 알란을 노려보았다. 알란도 눈에 힘을 준 채 조오를 노려보았다. 둘 사이 팽팽한 긴장감이 감돌았다. 둘 다 한 치도 물러서지 않았다. 처음 보는 내가 오히려 무안할 지경이었다.

"너 그러다 진짜 골통 깨진다. 조심해."

조오가 으르렁대자,

"웃기지 마. 그리고 내 말이 뭐 틀렸냐? 너 같이 아무 생각 없이 몸뚱이만 큰 애한테 어느 골 빈 여자가 꽃다발을 바쳐?"

알란이 맞받아쳤다. 그 바람에 조오가 알란에게 달려들어 멱살을 움켜쥐었다. 티비를 보고 있던 아이들이 삽시간에 몰려들었다. 록키와 크리스가 둘 사이에 끼어들어 말렸다. 조오가 떨어지며 씩씩거렸다. 그러나 알란은 창백한 낯이 더 창백해졌을 뿐, 아무 일도 없다는 듯이 눈썹 하나 찡그리지 않고 조오를 노려보았다.

"내 방으로 가자."

알란이 내 팔을 툭 쳤다.

"에기 너도 와."

그러나 에기는 조오 옆에 붙어 움직이지 않았다.

알란 방도 다른 방과 다르지 않았다. 알란이 침대를 가리키며 앉으라고 했다. 나는 침대에 걸터앉았다. 대낮인데도 천장 한가운데 형광등이 켜져 있고, 백색 불빛이 무늬 없는 벽지를 비추고 있었다.

"난 솔직히 조오 같은 놈 증오해."

알란이 거칠게 숨을 몰아쉬며 말했다. 알란은 조오가 비열하다고 했다.

"전에 이런 일이 있었어. 여기는 자원봉사자들도 많이 와. 그러다 보니 들어오는 물품도 많아. 라면, 과자, 떡, 과일 같은 것들. 그런데 한번은 사무장이 똑같이 과자를 나눠 준 적이 있어. 그런데 조오가 에기 것을 빼앗아 먹은 거야. 에기가 울고불고 난리가 났지. 여기 있어 보면 알겠지만 먹는 것하고 담배는 완전 노타치야. 원생들이 먹는 것하고 자기 담배에 대한 집착이 엄청 나. 각자 자기 것이 따로 있는데 그걸 건드렸다, 그럼 정말 살인이 날 수도 있어. 밥도 많이 주는데 그렇더라고. 밑바닥 것들이 보여 주는 슬픈 생태生態인지도 모르지. 동물도 그렇잖아. 다른 건 몰라도 먹이 앞에서만은 절대 양보가 없잖아. 그거하고 똑같은 이치야. 에기가 난리치며 우니까 사무장이 우릴 다 집합시켰어. 그 자리에서 사무장이 조오한테 앞으로 나오라고 했지.

그러면서 조오한테 벌로 과자 하나를 거실 바닥에 던지면서 그걸 핥아 먹으라고 했지."

그러면서 알란이 말했다.

"너 같으면 먹겠냐? 바닥에 떨어진 과자를? 개도 안 먹지. 그런데 조오가 그걸 먹은 거야. 얼굴이 붉게 달아올라 한참 쳐다보더니, 바닥에 엎드려 그걸 입에 넣고 우적우적 씹더라고. 나같으면 여기서 쫓겨나는 일이 있어도 안 먹는다. 안 그래?"

알란이 책상에 놓인 인형을 집어 들었다. 팔뚝만한 작은 회색 고무 인형이었다. 알란이 인형을 무릎에 놓고 등을 쓰다듬으며 말했다.

"조오 그놈이 에기를 늘 이용해. 먹는 것도 그렇고 용돈도 그렇고. 에기는 담배는 안 피우니까 상관없지만 다른 걸 조오에게 갖다 바쳐. 대신 조오가 에기를 보호해 주지. 다른 애들이 때리거나 못 살게 굴지 않도록. 조오는 그런 자기 행동을 다른 사람이 모르고 있다고 생각할 거야."

나는 알란 말을 들으며 알란 인형에서 눈길을 떼지 않았다. 인형은 몹시 낡아 있었다. 머리털도 빠지고 얼굴과 목, 배에 때가 끼어 인형이라기보다는 고무 토막 같았다. 다만 배를 손으로 누르면 삐- 삐 소리가 났다.

"용돈? 용돈이 뭐야?"

"여기는 일주일에 한번 원생들에게 용돈을 지급해. 5천 원씩.
그 돈으로 일주일 생활하는 거지."

"담배도 그럼 그 돈으로 사는 거야?"

내 말에 그가 그렇다고 했다.

"술은 안 되지만 담배는 여기서 마음대로 피울 수 있으니까.
그러니까 에기 말고 나머지 애들 있잖아. 걔네들은 다 일주일에
몇 개비씩 조오한테 담배 상납을 해. 록키나 크리스나 다. 조오
가 방장이고 힘이 세니까 갖다 바치는 거지. 조오는 그걸 당연
한 걸로 알고 착복하고. 안 갖다 바치면 괴롭히니까."

알란이 밖의 동정을 살피며 소리죽여 말했다. 조오는 다른 아
이들과 섞여 거실 티비 앞에 앉아 있었다. 밖에서 티비 소리가
우렁우렁하게 들렸다. 나는 알란 말에 원생들 구도가 어떻게 짜
여 있는지 짐작할 수 있었다. 일곱 명밖에 안 되는데도 두 패로
갈라져 있었다. 조오를 중심으로 록키, 크리스, 에기 등이 한 그
룹이고, 알란이 왕따 된 그런 구도였다.

"그 인형은 뭐야?"

"이거? 말하자면 복잡해. 내 인생 역사가 모두 들어 있다고나 할까? 나한테는 목숨보다 소중해. 내 분신이나 마찬가지니까."

말하는 알란 눈이 이슬에 젖은 듯 반짝였다. 어떤 감정의 동요가 일었는지 그의 목소리가 미세하게 떨렸다.

"줘 볼래?"

내가 손을 내밀었다. 그가 나에게 인형을 건넸다. 배를 힘주어 누르자 삐 – 소리가 났다. 인형은 생각보다 무거웠다. 머리칼과 눈썹은 다 빠지고, 볼과 어깨 무릎 등 튀어나온 곳에 손때가 묻어 반질거렸다.

"어? 근데 이건 뭐야?"

인형 등에 글씨가 새겨져 있었다. 칼로 파서 새긴 듯 글씨 획이 희미하게 음각되어 있었다.

"새… 명? 무슨 글씨야?"

내가 글씨를 떠듬떠듬 읽자,

"생명에 이르는 병이야."

그가 낮게, 그러나 글자 하나하나를 또렷하게 말했다.

"이게 무슨 말인데?"

"전에 어떤 누나가 해 준 말인데, 내가 인형에 새겼어."

그러면서 그가 말했다.

"나는 이곳이 다 마음에 드는데 두 가지가 불만이야. 제일 큰 불만은 방에 방문이 없다는 것. 그래서 나만의 공간을 가질 수 없다는 것. 다른 하나는 벽에 창이 없다는 것. 방문은 나를 나의 내부 세계로 이끌고, 창은 나를 외부 세계로 이끄는 통로인데, 그게 없으니까 늘 숨이 막혀. 감옥에도 작지만 창이 있는데. 그러니까 우리가 보호된다기보다 사육당하는 것 같아. 밀폐된 공간에서 주는 사료나 먹고 사는 돼지 같이."

그가 내 손에 있는 인형을 조심스럽게 가져갔다. 인형 등을 쓰다듬는 그의 모습이 염주를 손에 넣고 굴리는 스님처럼 차분했다.

"한 가지 희한한 게 있는데, 왜 너희들은 욕을 안 하니?"

나는 아까부터 이 점이 가장 궁금했다. 쉼터에 온 이후, 그리고 조금 아까 조오와 알란이 목소리를 높여 신경전을 벌일 때에도 그들은 욕을 하지 않았다. 입만 열면 쏟아져 나오는 게 욕인데, 말보다 욕이 더 많은 게 우리들이 하는 말인데, 그들은 멱살까지 잡으며 싸우면서도 욕을 하지 않았다. 나는 이 점이 정말 이상했다. 욕을 해야 스트레스가 풀리고 상대에게 밀리지 않는다는 느낌을 주는데.

"그건 여기 규칙이야."

"규칙? 어떤 규칙?"

"욕 한 번 하면 벌금 천 원."

"천 원?"

"응. 원장님이 그것 하나는 확실히 지켜."

나는 재빨리 머리를 굴려 계산해 보았다. 일주일 용돈이 5천 원인데 욕 한번 하면 벌금이 천 원? 욕 다섯 번만 하면 일주일 용돈이 다 날아간다. 규칙치곤 정말 센 규칙이었다.

"욕하면 원장님한테 가서 육하원칙으로 언제, 어디서, 누구에게, 어떤 욕을, 왜 했는지 말하고 벌금을 내야 해."

"욕을 했는지 안 했는지 어떻게 알아?"

"저기 신고함 있잖아."

알란이 현관 쪽을 가리켰다. 벽에 나무로 짠 녹색 작은 상자가 걸려 있었다. 나는 알란 말을 듣고 고개를 끄덕였다.

"신고 안 할 수도 있잖아?"

내 말에 알란이 턱 끝으로 주방 쪽을 가리켰다. 주방 아줌마가 24시간 아이들과 함께 있어 원생들 말 하나하나를 원장님에게 보고한다고 했다.

"그 규칙 누가 정했어?"

"원래 있었어. 처음에 원장님하고 원생들이 정했겠지."

나는 규칙이란 것에 대해 생각했다. 규칙이란 처음엔 불편하
지만 지키다 보면 오히려 사람의 마음을 편하게 하는 힘이 있다.
규칙이 요구하는 것만 지키면 되니까. 그런 면에서 규칙은 우리
들이 학교에서 입는 교복과 같았다. 그 옷을 입어야 할 상황에서
는 어떤 옷을 입을까 걱정하지 않고 그 옷만 입으면 되니까.

3

쉼터에서 생활한 지도 한 달이 되어 갔다. 그동안 해가 바뀌어 나도 이제 곧 고3이 될 거였다. 아직 3월 개학을 하지 않아 고2인 어정쩡한 상태였지만, '고3'이라는 말은 가출해 갈 곳 없이 떠돌다 쉼터에 들어온 나 같은 아이에게도 입시의 중압감을 안겨 주었다. 그 점은 나나 조오, 알란도 마찬가지였다. 우리 셋 다 시험을 치고 대학에 갈 생각은 없었다. 우린 고등학교 졸업을 사회에 나가기 위한 하나의 과정, 통과하지 않으면 안 될 의례 쯤으로 여기고 있었다. 그런 우리들인데도 고3이 된다는 사실은 전과는 다르게 행동하고 공부도 해야 하지 않나 하는 불안한 감정에 사로잡히게 했다.

"난 고등학교만 땡치면 바로 해병대 자원할 거야."

조오는 해병대 소리를 입에 달고 살았다.

"어런할라고. 아예 지금 자퇴하고 가지 그래?"

알란도 줄기차게 빈정거렸다.

"고등학교 자퇴하고 가는 것과 졸업하고 가는 것은 엄연히 다르지. 그리고 자퇴하고 가면 자원 심사에서도 불리할 걸. 요즘

엔 대학 포기하고 군대 지원하는 사람이 많아서, 고등학교 자퇴
는 안 받아 준대."

"지원할 수 있는 나이가 몇인데?"

"만 17세 아냐?"

"맞아. 만 17세야. 만 18세 이상은 부모 동의 하에 결혼 가능,
만 20세 이상은 부모 동의 없이도 결혼 가능. 그러니까 난 지금
이라도 곧바로 자원할 수 있지."

조오가 빙긋거리며 마치 무슨 주문을 외듯 말했다. 나는 조오
말 가운데 '만 20세 이상 부모 동의 없이 결혼도 가능'이라는 말
이 날카롭게 가슴에 꽂혔다. '만 20세'. 나는 만 20세라는 말을
신음하듯 입 속에 되뇌었다. 그러면서 재빨리 앞으로 남은 기간
을 따져 보았다. 현재 내 나이 18.6년. 앞으로 만 20세가 되려
면 1년 6개월을 더 기다려야 한다. 1년 6개월. 1년 6개월 후의
나. 그때의 나의 모습. 그때가 되면 나는 고등학교를 졸업했겠
지. 그 다음은? 나는 순간 속으로 세차게 도리질쳤다. 내가 정상
으로 학교를 다닌다면 그렇겠지만 그 사이 또 무슨 일이 있을지
어떻게 알겠나. 아무 것도 예상할 수 없는 그때의 내 모습을 생
각한다는 것이 허망하고 한심스러웠다.

원장님이 나에게 무슨 고민이 있냐고 했다. 얼굴이 너무 어둡다고 했다. 사무장도 세상 걱정 근심은 모두 나 혼자 짊어진 것 같다고 했다. 주방 아줌마도 밥 먹을 때만큼은 얼굴을 좀 펴라고 했다. 그럴 때마다 나는 내 속내를 들킨 것 같아 몸이 움찔거렸다. 비밀의 그림자가 얼굴에 그늘을 드리우나 보다.

　고민은 사람을 정서적으로 억누른다. 활기를 앗아가고 영혼을 점차 어둡고 낮은 곳으로 가라앉게 한다. 고민이 깊은 사람은 웃을 수 없다. 웃을래야 얼굴 근육이 굳어 웃어지지 않는다. 웃음도 마음의 여유와 기쁠 때 웃어지는 게 아닌가.

　그런 고민은 어디에서 올까? 고민은 비밀에서 나온다. 아니 꼭 그런 것은 아니겠다. 비밀이 아닌 고민도 있으니까. 이를테면 조오가 빨리 학교를 졸업하고 해병대에 입대하고 싶은데, 아직 학교를 졸업하려면 일 년이나 남아 있어서 하는 고민은 비밀이 없는 고민이다. 그건 누구나 다 아는 사실이니까. 그런 고민은 시간이 가면 해결되는 고민이며, 그래서 비밀이 아닌 고민은 비교적 단순한 고민이다.

고민 없는 사람은 없다. 한순간도 고민하지 않는 사람이 있을까? 고민은 사람을 깊이 있게 만들지만, 그 깊이가 그 사람의 인격을 풍부하게 하는 것은 아니다. 그렇지만 아무튼 고민이 있는 사람은 말수가 적어지고 활력이 소모된다. 액티브하지 못하게 된다.

사람은 나이에 맞는 고민을 할 필요가 있다. 이건 참 중요한 문제다. 성장에 따라 그에 걸맞은 고민을 한다는 것은 그가 정상적일 때나 가능하다. 예를 들어 에기처럼 중학교 1학년일 때는 학교 성적, 친구관계, 변화하는 신체, 이성에 대한 관심 등과 같은 문제를 고민해야 한다. 그래야 그게 정상이다. 그런데 에기는 실제로 어떤 문제를 고민하나? 그는 쉼터에서 형들에게 괴롭힘을 당하지 않고 지내려면 어떻게 해야 하나를 고민하고, 쉼터에서 나간 후를 고민하고, 집에 다시 들어갈까 말까를 놓고 고민한다. 왜 우리 집은 가난할까, 어떻게 해야 부자가 될까, 도둑질이라도 할까와 같은, 어른들이 할 고민을 중1인 에기가 한다는 것은 정상적인 일이 아니다.

그리고 보면 나이에 맞지 않게 고민을 앞당겨 하는 것은 인생을 그만큼 빨리 산다는 것이 된다. 나이는 중학생이면서 어른이

해야 할 일을 고민한다면 그 아이는 이미 어른의 삶을 사는 것이다. 이 점은 나도 마찬가지다. 이제 고3이 될 내가 진학보다는 다른 문제로 고민에 빠져 있다.

이런 생각에 잠겨 있는데 누군가 내 어깨를 툭 쳤다.

"뭐해? 무슨 생각을 그렇게 해?"

돌아보니 알란이 입가에 웃음을 띠며 서 있었다.

"아니, 그냥."

나는 돌아서며 햇빛에 눈이 부셔 나도 모르게 얼굴을 찡그렸다. 통유리로 투과해 들어온 햇빛이 거실 바닥에 네모난 빛 무늬를 그리고 있었다.

"무슨 일 있어?"

알란이 내 눈을 바라보며 말했다.

"웅, 아냐. 생각 좀 하느라고."

"무슨 생각을 그렇게 골똘히 해? 아침 청소하고 지금까지 계속 이 통유리에 붙어 있었어."

"그래? 그랬어?"

나는 벽에 걸린 시계를 보았다. 9시 20분을 가리키고 있었다. 그러고 보니 내가 거실 유리창에서 밖을 내다보며 생각에 잠긴 것이 20분이 넘었다.

우린 8시에 아침을 먹었다. 아침 식사는 주방에 놓인 탁자에서 원생과 사무장이 같이 했다. 원장님도 우리와 같이 식사를 하는 때도 있었지만 아침밥은 거의 우리끼리 먹었다. 식탁에서 우린 말이 없었다. 주어진 밥을 누구에게 빼앗기기라도 할까 봐 밥그릇에 코를 처박고 정신없이 입에 욱여넣었다. 그러면 끝. 우린 먹는 대로 곧장 자리에서 일어나 아홉 시가 될 때까지 각자 방으로 들어가 휴식을 취했다. 그러다 아홉 시가 되면 곧바로 아침청소. 청소는 자기 방과 거실의 맡은 구역을 하면 되었다. 우린 청소하는 데 10분도 걸리지 않았다. 침대 담요를 개켜 머리맡에 가지런히 놓고, 책상 정리, 방바닥 쓸고 닦기 (가끔 물걸레질도 하지만), 그러고 나면 끝이었다. 그 다음부터 하루 일과가 시작되는 10시까지 우린 자유 시간이었다. 그 시간에 어떤 아이는 티비를 보고 어떤 아이는 자기 방에서 만화를 보거나 밖에 나가 놀기도 했다.

"모두 집합."

사무장이 손뼉을 치며 이층 계단을 뛰어내려 왔다.

"오늘 원래 오전에 상담 프로그램이 있었고, 오후에 알바 하기로 되어 있었지? 그게 변경이 됐다. 상담 선생님이 일이 있어서 오후에 오신대. 그래서 우리도 오후에 상담하고, 오늘 오후에 하기로 한 알바는 다음으로 미뤄졌다."

사무장 말에 아이들이 저마다 에― 불만을 표시했다.

"알바 오늘 나가면 안 돼요?"

조오였다.

"여태까지 기다렸는데."

록키였다.

"다음 언제요? 내일은 안 돼요?"

이번엔 크리스였다. 아이들 모두, 에기나 알란까지도 알바가 미뤄진 것에 대해 말할 수 없이 서운해 했다. 그만큼 알바는 여기 원생들이 목이 빠지게 기다리는 일 가운데 하나였다.

"알바 나가면 뭐해?"

"전단지도 돌리고, 행사 있으면 행사에 오는 차들 주차 안내도 해요."

그러면서 크리스가, 알바 나가야 하는데, 그래야 바깥바람도 쐬고 돈도 버는데, 하며 아쉬워했다. 나는 지금까지 쉼터에서 한 달 이상 있으면서 한 번도 알바를 나가지 않았다.

"겨울엔 알바가 별로 없어. 눈이 와 길이 미끄럽고 사고 날 위험도 많으니까. 그래서 더 오늘 우리가 알바를 기다렸지. 겨울 내내 쉼터에만 있었으니까 밖에 나가고 싶어 하지."

알란이 말하며 그럼 오전에 뭐하냐고 사무장에게 물었다.

"지금부터 밖에 나가 눈을 치워야겠다. 어제 밤 눈이 많이 와 마당에 수북이 쌓였어."

눈 치우자는 말에 아이들이 옷을 갈아입느라 부산을 떨었다.

"여긴 늘 이런 식이야. 날마다 정해진 수업이 없어. 몇 가지 프로그램이 있긴 하지만 꼭 지켜지는 것도 아니야. 펑크 나면 그냥 노는 거야. 작업을 하든가."

알란이 장갑을 끼며 말했다.

"겨울엔 더 답답하지. 추워서 밖에 나갈 수 없으니까. 방에만 있으려면 좀이 쑤시거든."

그가 책상 서랍에서 담배를 꺼내 주머니에 넣었다.

"가자. 너 라이타 있지?"

그가 나에게 물었다. 현관 계단을 내려서는데 찬바람이 훅 불어와 숨이 컥 막혔다. 찬 공기가 밀려들어 나도 모르게 몸이 부르르 떨렸다. 정원의 마른 화초들 사이 눈이 켜켜이 쌓여 있었다. 거실 통유리를 통해 내부를 들여다보자 안에 있는 사물들이 검고 희미하게 비쳐 보였다. 바람이 눈을 거실 유리창 밑에까지 몰아부쳤다.

"한 대 굽고 하자."

눈을 뭉쳐 슛하는 농구선수처럼 뛰어오르던 조오가 소리쳤다. 그가 말할 때마다 입에서 허연 김이 뿜어져 나왔다. 흡연실은 쉼터 옆 가건물에 있었다. 가건물은 컨테이너 박스 두 개를 놓아 만들었는데, 칸을 나누어 농기구 보관 창고 일반 창고 흡연실로 쓰고 있었다. 에기만 담배를 피우지 않고 나머지 원생 모두 담배를 피웠다. 재떨이를 가운데 두고 둘러선 아이들이 담배 연기를 뿜어 댔다. 삽시간에 흡연실이 뿌연 연기로 가득 찼다. 우리는 추위에 몸을 떨면서 담배를 양쪽 볼이 옴쏙 들어가도록 빨았다. 그러면서 담배 값이 너무 비싼 것에 대해 열을 내어 성토했다. 일주일 용돈이 5천 원인데, 그 돈으로 담배 한 갑 사면 그만이니 그럴 만도 했다.

조오가 재떨이에 담배를 비벼 끄고 밖으로 뛰어나갔다. 그가 닫힌 문을 발로 걷어차자 맑고 찬 겨울 공기가 흡연실에 활랭이 쳐들어왔다.

우린 죽가래로 마당에 쌓인 눈을 밀었다. 죽가래가 지나간 자리에 조약돌 깔린 마당 바닥이 검게 드러났다. 몇몇은 죽가래로 밀고 나머지는 빗자루로 바닥을 쓸었다. 눈과 뒤섞인 얼음조각이 조약돌에 섞여 차갑게 빛났다.

우린 리어카에 눈을 담아 대문 밖에 버렸다. 우리가 버린 눈이 골목에 조그만 눈 언덕을 만들었다. 사무장이 현관에 나와 사람 다니는 데 방해되지 않도록 깨끗이 치우라고 소리쳤다. 눈을 손에 넣어 뭉쳐 보았다. 찬 기운이 손바닥에 아리게 배어 왔다. 추운 날씨 탓에 눈은 잘 뭉쳐지지 않았다. 떡가루처럼 푸슬푸슬 흩어졌다.

큰길에서 자동차 지나는 소리가 들렸다. 해는 밝게 떴으나 아직 골목까지 햇빛이 비쳐들지는 않았다. 나는 천천히 걸음을 큰길 가로 옮겼다. 이렇게 해서라도 쉼터 밖 세상을 보고 싶었다. 눈과 얼음이 뒤덮인 골목. 문득 여기 쉼터를 찾아오던 한 달 전 내 모습이 떠올랐다. 물에 빠진 사람이 지푸라기라도 잡으려는 심정으로 막무가내로 찾아온 이곳. 그때는 큰길에서 상당히 멀게 느껴졌는데 지금 보니 바로 길 옆에 쉼터가 있었다.

등 뒤에서 와그르 웃음다발이 터졌다. 급히 돌아보니 크리스가 눈더미 속에 파묻혀 허우적대고 있었다. 조오와 로키가 눈더미 위에 있는 것으로 보아 크리스를 들어 눈더미 속에 던지고 위에서 누르는 것 같았다.

나도 모르게 웃음이 나왔다. 갑갑한 쉼터 생활이 아이들 웃음소리에 실려 푸른 하늘로 날아올랐다. 크리스는 눈에 파묻힌 채 묶인 돼지처럼 소리 지르고, 주위 아이들이 낄낄거렸다. 알란도 가세하여 크리스를 눈에 파묻었다. 나는 골목 옆에 쌓인 눈을 집어 뭉친 후 그들을 향해 던졌다. 눈가루가 바람에 날려 내 얼굴에 날아왔다. 차가운 눈이 얼굴에 닿아 선득거렸다. 아이들이 고함을 지르며 눈을 뭉쳐 나에게 던졌다. 삽시간에 나와 아이들 사이 눈싸움이 벌어졌다. 우린 골목에 있는 눈을 뭉쳐 힘껏 던졌다. 어깨와 머리 위로 눈뭉치가 날아다녔다. 나도 지지 않으려고 손에 잡히는 대로 눈을 집어 던졌다. 그때였다. 쉼터 마당으로 뛰어든 조오가 삽을 가져와 나에게 눈을 퍼 마구 뿌렸다. 삽에는 당할 수 없었다. 나는 뒤돌아서 줄행랑을 놓았다. 큰길까지 쫓아온 조오가 삽을 휘두르며 눈을 뿌렸다.

"그건 반칙이야, 반칙. 누가… 삽…으로, 눈싸움을… 해."

숨이 차 내 목소리가 떨렸다. 입에서 뿜어져 나온 우리들 입

김이 겨울 아침 찬 공기 속으로 하얗게 흩어졌다. 잠시 움직였는데 우린 열기로 얼굴이 발갛게 달아올랐다. 오랜만에 피가 도는 얼굴. 손 대면 뜨거운 열기가 전해질 얼굴이었다. 가슴이 두근두근 뛰었다. 추웠지만 상큼한 아침 공기가 우리들 헐떡거리는 폐 속에 들어갔다 나오면서 심장을 압박해 마구 요동치게 했다. 사무장이 다시 골목에 있는 눈을 말끔히 치우라고 했다. 우린 눈싸움으로 더럽혀진 골목을 깨끗이 청소했다.

눈을 치우자 또 할 일이 없었다. 오후 상담시간까지는 두 시간이나 남았다. 이렇게 무슨 일을 해야 할지 모르는 애매한 시간을 우린 아주 싫어했다. 자유 시간도 아니고 그렇다고 무슨 프로그램을 진행하는 시간도 아닌, 어떤 틈 사이 걸쳐 있는 시간. 이 시간에는 누구도 우리 행동을 강제하지도 않았다. 그렇다고 마냥 자유롭게 보낼 수 있어 외출을 한다든가 할 수 있는 것도 아니었다. 버려진 시간, 따분한 시간이었다.

쉼터에는 이런 시간이 많았다. 프로그램을 계획대로 진행하지 못하는 데서 오는 일이었다. 하루 일과 대부분을 외부강사에 의존하기 때문에, 외부강사가 갑자기 오지 못하는 경우 그 시간은 펑크 나고, 그것을 대체할 만한 다른 계획이 없었다. 따라서 이런 시간에 할 수 있는 유일한 일이 티비 보는 거였다.

"에기 이리 와 봐."

티비 앞에 비스듬히 누워 있던 조오가 에기를 불렀다. 원생들 틈에 끼어 앉아 있던 에기가 조오 옆으로 다가갔다.

"여기, 여기 좀 주물러."

조오가 허벅지를 가리켰다. 눈을 치웠더니 다리가 아프다고 했다. 에기가 눈길을 티비에 준 채 허벅지를 주무르기 시작했다.

"어 시원하다. 역시 에기야. 에기, 넌 커서 안마해라. 안마시술소 하나 차려 사장해. 내가 이름까지 지어 줄 게. 버들안마시술소. 어때?"

"조오 말에 옆에 있던 록키가 말했다.

"버들안마? 그게 뭔데?"

"버들은 버드나무야. 버드나무 가지가 엄청 부드럽잖아. 바람만 불어도 살랑살랑 낭창낭창 흔들리잖아. 그렇게 부드럽게 안마를 한다는 뜻이지."

"오 예, 끝내준다. 버들안마시술소 사장님. 에기, 너 진짜 안마해라."

록키가 손뼉을 치며 에기 목을 레슬링 하듯 끌어안고 거실 바닥을 뒹굴었다.

"너 오늘부터 나도 안마해. 그래야 실력이 늘지. 그리고 오늘부터 네 별명은 버들안마 사장님이다."

록키가 에기 목을 꽉 조였다. 에기가 켁켁거리며 버둥댔다. 조오가 에기와 장난하는 록키 옆구리를 발로 걷어찼다.

"너 지금 누구 마누라한테 안마하라고 했어."

조오가 벌떡 일어나 록키를 깔아뭉겠다.

"에기가 내 마누라인 줄 몰랐어? 에기 너 이리 와 봐. 너 내 마누라야 아니야? 이것들 앞에서 확실히 말해 봐."

조오가 바닥에 누워 있는 에기를 끌어다 자기 옆에 앉혔다. 그런 다음 주먹으로 록키 옆구리를 갈겼다. 록키가 키득대며 주먹을 피했다.

"에기가 형 마누라라고? 우아, 미친다, 미쳐. 형 호모야?"

록키가 조오와 거리를 둔 채 키득거렸다.

"그래. 나 호모다. 앞으로 에기한테 안마하라고만 해 봐. 바로 사망 신고야."

조오가 주먹을 쥐어 으르렁거렸다. 조오가 빙긋거리며 다시 거실 바닥에 누웠다. 그러면서 에기에게 이번엔 반대쪽 다리를 주무르라고 했다.

"에기, 너 분명 내 마누라지? 그래, 안 그래?"

조오가 에기 엉덩이를 만지며 물었다. 에기가 아무 말 없이 얼굴을 붉히자,

"그래 안 그래? 너 앞으로 이것들 안마해 줬다간 죽는다."

조오 말에 에기가 고개를 끄덕였다.

그때 알란이 방에서 나오며 그 소란을 목격했다. 알란은 고무 인형을 안은 채 인형 등을 쓰다듬고 있었다.

"에기 너 뭐해?"

알란이 조오를 쏘아보며 말했다.

"당장 그만해."

알란 목소리에 노여움이 묻어났다.

"당장 그만하지 못해. 뭐? 네가 조오 마누라라고? 호모라고? 이것들이 완전 미쳤군."

알란 말에 에기가 어찌할 바를 모르며 조오를 바라보았다. 조오가 비스듬히 상체를 일으켰다.

"어이쿠, 우리 꼰대 나오셨군. 오늘은 또 무슨 잔소리를 하려고 이러실까."

조오가 알란을 보며 빈정거렸다.

"네가 무슨 상관이야. 애기가 내 마누라든 내 동생이든. 넌 그
인형이나 끼고 다녀. 인형이 네 자식이냐? 마누라야? 미친놈, 지
가 또라이이면서."

조오 얼굴이 붉게 달아올랐다. 알란과 조오가 얼굴을 맞대고
서로 쏘아보았다. 일촉즉발, 둘 사이 숨결이 거칠어졌다. 내가
황급히 일어나 둘 사이 끼어들었다.

"니들은 만나기만 하면 싸우냐?"

내가 팔을 벌려 둘을 떼어 놓았다.

"알란. 너 내가 한마디하는데 이걸 알아 둬. 인생을 편하게 살
기 위해서는 힘이 있는가 아니면 아부를 잘하든가 둘 중 하나
야. 너처럼 그렇게 뻣뻣하게 인형이나 껴안고 다니면서 이건 어
떻구 저건 어떻구 꼴갑 떠는 놈은 제명에 못 죽어."

비수 같은 조오 말에 창백한 알란 낯빛이 더욱 창백해졌다.
알란이 분노로 아랫입술을 꽉 물었다.

"너 내가 인형에 대해 말하지 말랬지."

알란 목소리가 떨렸다. 그의 움켜쥔 주먹에 힘이 들어가 있었
다. 그가 조오 앞으로 성큼 다가섰다. 여차하면 바로 주먹을 날

릴 기세였다.

"이건 어떻게 된 게 인형 얘기만 했다하면 완전 발작이야. 인형이 니네 부모라도 되냐?"

그 말이 떨어진 순간 알란이 몸을 날려 조오를 덮쳤다. 조오가 순식간에 서너 걸음 물러나며 알란 주먹을 피했다. 허공을 휘두른 알란이 몸의 균형을 잃고 비틀거렸다. 그 틈을 조오가 놓치지 않고 잽싸게 알란에게 덤벼들었다. 둘이 거실 바닥에 뒤엉켜 마구 주먹을 날렸다. 순식간 일이었다. 나와 록키 크리스가 달려들어 둘을 뜯어말렸다. 알란 입에서 피가 나고, 조오 목이 손톱에 긁혀 벌건 줄이 흉물스럽게 그어져 있었다.

"너 내가 인형에 대해 말하지 말랬지."

알란이 다시 씹어뱉듯 말했다. 한 마디 한 마디 또박또박 뱉어 말하는 알란 목소리에 소름이 끼쳤다. 알란이 주먹을 움켜쥐고 부르르 몸을 떨었다. 알란이 천천히 조오에게 다가갔다. 알란 눈에 눈물이 비쳤다. 알란 얼굴이 표독스럽게 일그러졌다. 순간 알란이 다시 뛰어오르며 조오에게 달려들었다. 알란이 들고 있던 인형으로 조오를 내리쳤다. 조오가 손으로 막으며 뒤로 물러섰다. 알란이 인형을 휘두르며 다시 달려들어 조오를 내리쳤다. 이번엔 인형이 조오 머리를 강타했다. 얻어맞은 조오가 달려들어 둘 사이 난투극이 벌어졌다. 거실 구석에서 둘이 죽기 살기로 주먹을 휘둘렀다. 말릴 겨를이 없었다. 힘은 조오가 셌지만 알란도 물러서지 않았다. 알란 눈이 살기로 번뜩였다. 주먹을 휘두르던 그가 주방으로 뛰어 들어갔다. 칼을 찾는 듯 두리번거리다 손에 잡히는 대로 후라이팬을 들고 뛰어나왔다. 그는 후라이팬을 있는 힘껏 조오를 향해 던졌다. 머리 위로 날아간 후라이팬이 벽에 부딪혀 날카로운 쇳소리를 내며 떨어졌다.

"인형에 대해 말하지 말랬지. 근데 왜 말해? 왜 말하냐고?"

알란이 울부짖으며 다시 조오에게 달려들었다. 알란은 이미 제 정신이 아니었다. 그가 입에 피거품을 물고 두 눈을 희번덕거렸다. 그는 조오를 죽이기로 작정한 것 같았다. 알란이 이를 갈며 조오에게 다가섰다. 그가 떨어진 후라이팬을 들어 조오를 다시 후려쳤다. 뒷걸음질치면서 알란을 피하던 조오가 팔뚝으로 후라이팬을 막았다.

그때 사무장이 뛰어내려 왔다. 모두가 싸움에 정신이 팔려 있는 동안 에기가 뛰어올라가 신고했던 것이다.

4

우린 싸움에 대한 대가를 톡톡히 치러야 했다. 벌에 대한 규칙을 원장님이 직접 발표했다. 우리 모두 원장실에 불려들어 갔다. 원장님이 육중한 몸을 의자에서 일으킨 후 조오와 알란을 앞으로 불렀다. 그가 솥뚜껑 같은 손을 조오와 알란 머리 위에 털썩 얹고 말했다.

"쉼터를 운영하면서 내가 바라는 건 딱 두 가지다: 너희도 알지?"

원장님이 굵은 목소리로 천천히 말했다. 조오와 알란은 고개를 푹 숙인 채 아무 말도 하지 못했다.

"하나는 욕하는 것, 또 하나는 싸우는 것. 이 두 가지만 아니라면 웬만한 건 그냥 넘어가고 또 사무장 선에서 해결하도록 하는데, 욕과 싸움은 그냥 넘길 수 없다. 내가 욕 한 번 하면 벌금천 원을 내야 하는 규칙을 세운 것도 욕이 곧 싸움으로 발전하기 때문이다. 같이 어려운 처지에 있는 너희들이 서로 싸우는 것을 나는 용납할 수 없다. 다른 건 몰라도, 욕과 싸움은 절대 안된다. 이건 내가 쉼터에 있는 한 언제까지 지켜질 규칙이다. 못

난 놈들끼리 서로 존중하고 잘해 주지는 못할망정 싸우고 욕을 해?"

원장님 목소리가 방 안에 낮게 깔렸다. 시멘트 바닥에 쇳덩 어리를 놓고 굴릴 때 나는 소리처럼 위압적이었다. 우리는 고개를 숙이고 침도 삼키지 못한 채 얼어붙어 있었다. 원장님은 누구의 잘잘못을 떠나 공동으로 책임을 져야 한다고 했다.

"내일 여러분들 밖에 나가 하려던 알바는 취소한다. 그리고 오늘부터 10일 간 티비 시청 금지다. 밤에 자는 시간을 제외하고 침대든 거실이든 어디서도 누우면 안 된다. 그리고 너희 두 사람."

원장님이 손아귀에 힘을 주어 조오와 알란 머리를 꽉 움켜쥐 었다.

"너희 둘은 쉼터에서 10일 앞당겨 퇴소한다."

원장님이 말하며 조오와 알란 머리를 앞뒤로 흔들었다. 퇴소 를 앞당긴다는 것은 쉼터에서 그만큼 일찍 나가야 한다는 말이 었다. 나는 조기 퇴소라는 말에 온몸이 오그라드는 것 같았다. 이곳에서 나가면 갈 데가 어디 있단 말인가. 해가 바뀌어 겨울 도 많이 갔다지만 맵찬 추위가 완전히 물러간 것도 아니다. 조오나 알란은 이곳에서 2월까지 있은 다음 퇴소하여 3학년 신학기에 학교 다닐 계획이었다. 그런데 10일 앞당겨 퇴소한다면? 나는 머릿속으로 잽싸게 둘이 쉼터에 남아 있을 날을 계산해 보았다. 알란은 20일 후면 쉼터를 나가야 했다. 조오는 35일쯤?

티비를 보지 못하게 되자 지루한 시간이 대책 없이 밀려들었다. 오전이든 오후든 쉼터에 어떤 프로그램이 있는 날은 그래도 좀 나았다. 그러나 아무 일도 없는 날은 그야말로 지옥이었다. 온몸이 뒤틀리고 머리에 쥐가 났다. 아무 할 일이 없을 때의 지루함. 나는 지금까지 그야말로 시간이 끝도 없이 길게 늘어지는 지루함을 처음으로 체험했다. 무섭고 혹독한 형벌이었다. 오 분 십 분 흘러가는 시간을 이렇게 느껴 보긴 처음이었다.

길고 가느다란 실이 우리 몸을 천천히 아주 느리게 스쳐가는 것처럼 시간이 흘렀다. 고독과 외로움에 지쳐 문밖에 나갈 엄두도 못 내고 방에만 틀어박혀 있는 사람의 시간이 그러할까. 인생의 끝자락을 움켜쥐고 하루하루 더디게 보내는 몸서리쳐지는 노년의 시간이 그럴까. 나는 알 것 같았다. 심심함과 지루함에 몸을 뒤틀며 길고 긴 하루라는 시간을 어쩌지 못해 내부가 차츰 허물어지기 시작하는 사람들의 시간을.

티비를 보지 못해 더욱 그랬다. 나는 새삼 티비 위력을 실감했다. 티비는 우리의 친구이자 감각기관이었고 하루 시간의 전부였다. 티비에서 웃으면 우리도 따라 웃었고 티비에서 화내면 우리도 같이 화를 내며 기분이 우울해졌다. 지루하면 곧바로 채널을 돌리면 되었고, 우리는 우리 입맛에 맞는 프로를 하루 종일 선택해 볼 수 있었다. 티비 앞에 앉아 있는 우리를 나무랄 사람도 없었다. 우리는 그동안 알게 모르게 티비와 일심동체가 되어 갔고, 우호적이었으며, 그것을 숭배하기까지 했다. 한 번도 티비 없는 삶과 세상을 상상하지 못했다.

그런 티비가 갑자기 꺼진 것이다. 예고는 했지만 어느 순간 툭! 티비는 이제 네모만 고철덩이가 되어 침묵하고 있었다. 우리는 티비 앞을 무료하게 왔다 갔다 할 뿐이었다. 그러다 무언가 잃어버린 물건을 찾는 사람처럼 티비 앞에서 힐끗거렸다. 두리번거렸다. 파헤쳐진 집 주위를 맴돌며 떠나지 못하는 개미들처럼.

나는 이렇게 초조함과 조바심에 내 몸이 진흙처럼 허물어져 내리던 때가 있었다. 처음 쉼터에 들어와 휴대폰을 반납했을 때였다. 휴대폰을 반납하고 난 후 일주일, 아니 그 이상 시간을 나는 수전증 환자처럼 손을 떨었다. 식탁에서 밥을 먹을 때도 한 손을 무릎에 올려놓고 가상의 휴대폰 자판을 두드렸다. 나도 모르게 손가락이 피아노 연주자처럼 움직였고, 엄지손가락으로 화면을 밀어내 터치하는 시늉을 했다. 휴대폰이 없자 세상은 암흑이었다. 절해고도의 벼랑 끝에서 어찌해야 좋을 지 5분도 채 견디기 어려웠다. 그때와 똑같았다. 티비를 보지 못하게 되자 눈앞은 암흑, 하루 한 시간을 견디기 어려웠다.

티비를 볼 수 없게 되자 우리들이 한 자리에 모일 일도 없어 졌다. 겨울이라 우린 밖에 나가지 않고 쉼터 안에서만 생활했다. 아침에 일어나면 나는 먼저 거실 통유리로 밖을 내다보았다. 밤새 눈이라도 많이 내렸으면 하는 마음에서였다. 그러나 우리가 벌을 받는 동안 눈도 내리지 않았다. 또 내렸다 해도 발 자국이나 지울 정도의 소량이었고, 바람이 많이 분 날엔 거실 통유리 아래 흙먼지에 섞여 눈이 쓸려 있는 정도였다.

나는 거실 통유리를 통해 밖을 내다보는 것이 좋았다. 바로 앞 정원에 빈 나뭇가지가 바람에 흔들리는 모습을 보고 있으면, 내가 그렇게 흔들리는 듯한 착각에 사로잡혔다. 황폐한 정원 화 초들. 저것들 모두 줄기는 죽었어도 땅 속 뿌리는 살았으리라.

바깥을 내다보다 이따금 횡재하는 때도 있었다. 화단에 새들이 날아올 때였다. 참새들이 떼 지어 날아왔다 포르릉 날아갔다. 어떤 새는 홀로 빈 나뭇가지에 한동안 앉아 있기도 했다. 크기는 참새 만했는데 등이 다홍색인 새였다.

눈의 착시 현상으로 멀어졌다 가까워졌다 하는 바깥 사물들을 멍하니 보고 있으면, 때론 내가 쉼터라는 큰 어항에 갇혀 있는 물고기처럼 생각되기도 했다. 실내에서만 생활해서 더 그런 생각이 드는지도 몰랐다. 큰 어항 속 갇혀 있는 일곱 마리 물고기. 밥 먹는 시간에만 모여들어 입을 뻐끔 대며 주어진 사료를 먹고, 그 일이 끝나면 각자 지느러미를 놀려 자기 방에 들어가 나오지 않는.

나는 겨울이 빨리 지나길 희망하면서도, 한편으론 천천히, 그래서 내가 이 쉼터에 최대한 오래 있었으면 하고 바랐다. 그동안 몇 차례 가출을 해 봤지만 여기처럼 좋은 곳은 없었다. 밖은 아무래도 영하 10도는 될 거였다. 그러나 이 안은 얼마나 따뜻하고 포근한가. 이곳은 내가 지금까지 지낸 곳 가운데 가장 따뜻하고 아늑한 곳이었다.

자는 시간을 제외하고 바닥에 눕지 못하게 되자, 원생들은 더 더욱 자기 방에 틀어박혀 나오지 않았다. 침대에 걸터앉아 있기도 했고 책상에 엎드려 있기도 했다. 한번은 록키가 나오지도 않는 티비 앞에 앉아 있다 자기도 모르게 거실 바닥에 누워 기지개를 켰다. 예전 같으면 누구나 할 수 있는 행동이었다. 그러나 지금은 그런 행동이 금지되어 있다. 옆에 있던 크리스가 황급히 록키를 일으켜 세웠다. 록키도 기겁하며 벌떡 일어났다. 그러면서 이 층 원장실과 사무장실을 잽싸게 쳐다보았다.

서로 모여 떠드는 일이 없으니 쉼터가 산속 절간처럼 고요했다. 우린 그 고요함이 낯설었다. 싫었다. 참을 수 없었다. 고요함은 관계의 단절이자 생활의 단절이었다. 생활이 무언가? 소음 아닌가. 소음 없는 생활은 없다. 관계가 있는 한 소음은 있게 마련이고 그런 가운데 생활은 이어진다. 소음이 없다는 것은 생활이 없다는 말과 같다. 그런데 우리는 지금 지극히 고요하다. 어항 속 물고기들처럼 숨 쉬기 위해 입만 뻥긋거릴 뿐.

고요함은 침묵에서 왔다. 무엇보다 먼저 티비가 침묵했고, 그러자 우리도 점차 침묵했다. 24시간 소음 속에 살던 우리에게 고요함이라니. 고요함은 치명적이었다. 고요함은 할 일 없는 지루함만큼이나 우리를 못 견디게 했다. 그리고 보니 그동안 우리는 소음과 소란 속에 살았다. 시끄러워야 사는 것 같았다. 쉼터에서만 그랬던 것이 아니다. 학교에서도 집에서도 시끄럽지 않으면 어색했고 불안했다. 눈 뜨면서 시작되는 주위 소란과 소음. 소란과 소음은 곧 우리들이 살아 있다는 징표였다. 그것을 떠나서는 살 수 없는 무엇, 물고기에게 물과 같은 존재였다. 그런데 갑자기 고요해진 것이다. 지루함과 함께 찾아든 고요가 공포스러웠다. 이 두 가지 형벌이 우리를 괴롭혔고, 안달하고 조바심나게 했으며, 몸부림치게 만들었다.

에기만 이 방 저 방 왔다 갔다 했다. 그때만 잠시 소곤거리는 소리가 났다. 그러나 그 소리도 두텁게 내려앉은 고요의 벽을 허물지 못했다. 허물기는커녕 언제 고요의 목구멍 속으로 먹혔는지 완벽한 정적이 거실을 뒤덮었다.

조오와 알란은 식탁에서조차 말도 하지 않았다. 얼굴에 난 상처는 둘 다 아물었지만 상한 감정의 앙금은 그대로 남아 있었다. 조오와 알란이 말이 없자 나도 입을 다물었다. 록키와 크리스가 가끔 키득거렸고, 그러나 그것도 잠깐이었다. 우린 물고기처럼 입을 뻥긋거리며 조용히 밥을 먹었고, 거실을 지나쳐 각자의 방으로 돌아갔다.

나는 알란이 싸울 때의 눈빛을 잊을 수 없었다. 살기가 번뜩이던 차갑고 날카로운 눈빛. 그것은 똑같이 화가 나 싸우는 조오 눈빛과는 완전히 다른 것이었다. 끝 모를 원한과 상대방을 죽여야겠다는 적개심이 아니라면 그런 살벌한 눈빛을 띠기는 어려울 것이었다. 평소 알란은 전혀 그렇지 않았다. 창백한 낯에 말이 없어 마음에 불만이 쌓여 있다는 표정이긴 했지만, 그건 십대를 통과하는 삐딱한 아이라면 으레 가질 수 있는 표정이었다. 조오 눈빛이 그런 눈빛이었다. 상대를 째려볼 때 눈에 힘이 들어가긴 하지만, 너를 반드시 죽여야겠다는 살의를 띤 표독스러움은 없었다. 그러나 알란 눈빛에는 바로 그 표독스러움이 있었다. 먹잇감을 단박에 제압하여 숨통을 끊어 놓고야 말겠다는 맹수 같은 눈빛. 쳐다보면 기가 질려 자기도 모르게 피하고야 마는 살벌한 눈빛. 그런 알란의 번뜩이던 눈빛이 한동안 눈앞에서 지워지지 않았다.

알란과 관련하여 또 하나 궁금증이 더해 간 것은 그 고무 인형이었다. 알란은 늘 고무 인형을 안고 있었다. 아이들과 이야기할 때도 혼자 방에 있을 때도 주방에 나와 식사할 때도, 나는 알란이 인형과 떨어져 있는 경우를 거의 보지 못했다. 알란은 인형을 안고 등이나 배를 마치 엄마가 아기를 쓰다듬듯 쓰다듬 었다. 너무 낡고 오래되어 인형이랄 수도 없는 고무 토막 같은 것을 말이다. 알란은 잠을 잘 때도 인형을 안고 잤다. 등과 배 무 릎이나 팔목 등 튀어나온 부분은 예외 없이 거뭇거뭇한 손때가 묻어 반질거리는 인형을. 그리고 그 같은 사실을 알란도 부정하 지 않았다. 인형이 자기 분신이라는 것을. 인형은 자기 역사이 며, 생명이며, 자기의 모든 거라는 것을.

조오는 알란을 놀릴 때마다 인형을 들먹였다. 인형에 대해 모 욕적인 말을 하거나, 손으로 툭툭 건드리거나, 심지어 알란이 실 수로 놓쳐 바닥에 떨어진 인형을 축구하듯 발로 차며 놀렸다. 그럴 때마다 알란 얼굴은 심각하게 일그러졌다. 조오에 대한 분 노가 창백한 얼굴에 그대로 나타났다. 지난번 둘이 싸울 때도 조오가 인형에 대해서만 말하지 않았어도 싸움이 그렇게 크게 번지지는 않았을 것이다.

알란에게 인형은 무엇일까? 이러한 의문이 내 머리를 떠나지 않았다. 그러면서 전에 알란이 보여 주었던 인형에 새겨진, 그 러나 닳고 닳아 자세히 보지 않으면 알아보기도 힘든, 글귀에 대해서도 궁금증이 더해 갔다.

'생명에 이르는 병.'

알란이 전에 말해 주었던 글귀였다. 어느 누나가 말한 것을 자기가 인형 등에 새겼다고 했다. 생명에 이르는 병? 얼핏 보면 이해할 수 있는 말이기도 했다. 생명에 이르기 위해서는 아파야 한다? 뭐 그런 뜻일 거였다. 그러나 생각의 끈을 놓지 않고 계속 그 의미를 파고들다 보면 무슨 말인지 곧잘 오리무중에 빠졌다. 특히 그 '생명'이라는 것에 대해서. 생명이 뭘까? 목숨이 붙어 살아 있는 것을 말할까? 생명체 같은 말? 그러나 그건 말이 안 된다. 생명을 유지하기 위해 아파야 한다는 뜻이 되기 때문이다. 그게 아니라면 어떤 진리, 진실, 최고의 선善이나 가치 등을 의미할까? 그런 것에 도달하기 위해 아파야 한다? 고통스러워야 한다? 그것도 이상하긴 마찬가지였다.

티비를 보지 않는 시간이 늘면서 우리들 사이 미묘한 변화가 일어나기 시작했다. 우선 나만해도 티비를 보지 않고 지내자 헝클어졌던 머릿속이 가지런히 정돈되는 듯한 느낌이 들었다. 마치 흙탕물을 그릇에 담아 하루저녁 자고 나면 그 위에 맑은 물이 고여 있는 듯한 그런 느낌? 처음 며칠 간 티비가 없으면 못 견딜 것 같았는데, 시간이 지나자 그러한 초조와 조바심이 서서히

걷히고, 내가 티비를 보지 않고도 이렇게 견딜 수 있구나 하는 자부심이 슬그머니 내 안에 자리 잡기 시작했다. 몸에 끈적끈적 묻어 있던 더러운 오물이 콸콸 쏟아지는 찬물에 깨끗이 씻겨 내려갔을 때의 상쾌함이랄까.

티비를 보지 않으면서 생각하는 시간이 많아졌다. 예전엔 생각을 해도 주위가 산만해 조각조각 끊어졌는데 이제는 한 가지 생각을 하게 되면 깊이 있게 할 수 있었다. 나는 식사시간을 제외하곤 내 방에서 나오지 않고 이런저런 생각에 몰두했다. 이는 다른 아이들도 마찬가지였다. 서로 말할 거리가 없는 우리들은 갈수록 말이 줄었고, 따라서 차츰 책상에 앉아 생각을 굴리거나 만화책을 뒤적였다. 눕는 것은 벌로 금했으므로 우린 하루 시간 대부분을 거실 바닥에 앉거나 자기 방 책상 의자에 앉아서 지냈다.

혼자 있다 보면 자연 많은 생각의 줄기들이 떠올랐다. 시골에 살다 초등학교 때 서울로 전학 와 시작한 중학교 생활. 중학교 때 만났던 친구 마두배, 김희남, 이문권의 얼굴이 떠올랐다. 그들과 함께 두배의 여친 노명애, 그리고 이지수. 지수 얼굴이 떠오르면서 나는 나도 모르게 깊은 한숨을 내쉬었다. 얼굴이 화끈

거리고 가슴이 단박에 두근거렸다.

지수에서 모든 생각의 줄기가 끊겼다. 더 이상 다른 생각을 이어갈 수 없었다. 그동안 지수는 어떻게 지낼까? 지금 어디 있을까? 잘 있을 리가 없겠지. 엄청 나를 원망하겠지. 제 고집대로 결국 일을 저질렀으니. 그렇다면 나는 계속 지수를 피해야 하나? 이 사실을 우리 부모가 알게 되면? 생각이 여기에 미치자 가슴이 물에 닿은 종이처럼 맥없이 찢어졌다. 깊이 한숨을 내쉬었다. 다른 건 몰라도 절대 그래서는 안 될 일이었다. 부모뿐만 아니라 학교에도 이 비밀이 알려지면 안 되었다. 만일 그 일이 학교에 알려져 소문이 난다? 생각만 해도 끔찍한 일이었다. 정말 일이 그렇게 된다면? 나는 자살할 수밖에 없을 것 같았다. 생각이 이에 미치자 온몸이 찬물에 닿은 듯 오드드 떨렸다. 어떤 거대한 압기가 나를 짓눌러 몸이 바짝 오그라드는 것 같았다.

징계가 풀렸다. 10일 간 티비 시청 금지 기간이 지나 다시 볼 수 있게 되었다. 쉼티 거실은 전과 같이 다시 티비 소리에 점령

당했다. 아이들이 티비 앞에 모여 키득거렸고 티비에 눈을 떼지 않고 비스듬히 눕거나 벌렁 눕기도 했다. 티비 시청이 금지된 기간에 형성된 분위기가 깨지는 데 5분도 채 걸리지 않았다. 고요와 침묵이 내려앉아 있던 쉼터 거실. 그 속에서 깊어지던 생각의 끈. 단조롭고 지루하긴 했지만 우리에게 특별한 경험을 선사했던 시청 금지 기간이 소란과 웃음소리와 고함에 뒤범벅되기까지 5분이 채 걸리지 않았다.

리모콘 전원 스위치를 눌러 전원에 불이 반짝 들어오는 순간 모든 것이 변했다. 티비는 우리에게 다시 황홀한 신세계를 가져다주었다. 순간순간 뒤바뀌는 형형색색 칼러 화면에 우린 단박에 흥분하기 시작했다. 우린 기쁨의 에너지로 끓어 넘쳤다. 티비는 순식간에 우리 눈과 귀와 뇌의 감각기관을 빨아들였다. 그건 누구도 마찬가지였다. 심지어 알란조차도. 평소 티비를 보지 않던 알란조차도 티비 앞에 팔짱을 끼고 서서 떠나지 않았다. 우린 그동안 보지 못한 것까지 한꺼번에 모두 다 보고야 말겠다는 듯 티비 앞에 모여 티비를 보았다. 우린 저마다 티비 따라 웃고 울고 환호하는 '호모 티비언스'가 되었다.

조오와 알란은 서로를 벌레 보듯 보았다. 둘은 지난번 싸움으로 돌아올 수 없는 다리를 건넌 것 같았다. 전에는 서로를 비난했지만 그래도 말을 섞기는 했다. 그 아슬아슬함이 보는 이를 조마조마하게 했지만 그래도 어쨌든 둘이 말을 하긴 했었다. 그러나 이제 그마저도 없었다. 그렇게 되자 나도 둘 사이에 끼어 불편했다. 나이가 제일 많은 우리 셋의 사이가 어색해지면서 쉼터 분위기도 전과 같지 않았다. 록키를 비롯해 크리스, 에기 등은 조오 편이었다. 대놓고 그러지는 않았지만 그들은 여전히 조오에게 담배 같은 물품을 상납했고, 조오는 당연하다는 듯 그것을 받았다.

수요일 오후 상담시간이었다. 원래 일주일 전에 하기로 했던 것인데, 벌을 받느라 모든 프로그램이 뒤로 미뤄져 오늘 하게 된 것이다. 상담 선생은 젊은 여자였다.

"상담하고 빠구리 한번 틀어야 하는데."

아침 식탁에서 조오가 키득거렸다.

"빠구리가 뭐야?"

옆에 있던 에기가 물었다.

"닌 아직 몰라도 돼. 어린 것이. 애들은 가그라 가."

조오가 손을 휘휘 내저으며 약장수 흉내를 냈다. 옆에 있던 크리스가 섹스, 하고 작은 목소리로 말했다. 크리스 말에 식탁에 둘러앉은 아이들이 킥킥거렸다.

"나하고 나이 차가 얼마 안 날 걸. 많아 봐야 열 살?"

"열 살은 더 될 것 같은데. 아줌마야. 서른 넘었어."

"서른 안 됐어. 그리고 아줌마 아니야. 보면 모르냐? 아랫배가 전혀 안 나왔잖아."

조오가 밥을 먹으며 열을 올렸다.

"아랫배 나오면 아줌마야?"

"그렇지. 아줌마는 애기를 낳아서 엉덩이가 아래로 처지고 배가 나오지."

"옷 입었는데 그걸 어떻게 알아?"

록키와 크리스가 의아해하며 물었다.

"거기서 프로와 아마 차이가 나는 거야. 아마는 꼭 벗겨 놓고 봐야 하지만 프로는 한번 쫙 스캔하면 눈에 다 들어오지."

"우와, 조오 형 대단하다."

록키가 감탄하는데 입에서 밥알이 튀어나왔다.

그때였다. 묵묵히 밥을 먹고 있던 알란이 수저를 식탁에 탁 소리가 나도록 놓고 자리에서 일어났다.

"저질 새끼. 진짜 역겹네."

한마디 쏘아부친 알란이 자기 방으로 들어갔다.

"새끼? 저거 지금 분명 새끼라고 했지? 분명히 욕했지? 저거 벌금 천 원이다."

조오가 아이들을 둘러보며 신이 나서 떠들었다.

"새끼가 욕인가?"

"욕이지. 그러니까 우리가 그동안 새끼라는 말을 안 했지."

조오 말에 모두가 동의했다. 새끼는 분명 욕이었다.

그때 방으로 갔던 알란이 다시 나왔다.

"그래 새끼라고 했다. 욕 했어. 너 같은 놈은 그 욕도 아까워. 하지만 조오, 내 분명히 말하는데, 너 이 말 원장님께 꼬나 바쳤다간 배때지에 칼빵 먹을 줄 알아."

알란이 이를 갈며 말했다. 알란이 눈에 힘을 주어 조오를 쏘아보았다. 창백한 낯빛이 하얗게 굳어 있었다. 순간 주위의 공기 밀도가 팽팽히 조여지면서, 알란의 시근덕거리는 숨소리가 들리는 듯했다. 조오가 자리에서 벌떡 일어났다.

"너 다시 말해 봐. 뭐? 배때지에 칼빵?"

일촉즉발, 둘이 다시 맞붙으려는데 내가 중간에 끼어들었다.

나는 알란 팔을 잡아끌어 그의 방으로 데려갔다. 알란 침대에 고무 인형이 놓여 있었다. 알란이 고무 인형을 안고 화를 가라 앉히려는 듯 인형 등을 쓰다듬었다.

쉼터에서 이루어지는 교육활동은 학습실에서 이루어졌다. 학습실은 쉼터 옆 흡연실 맞은편 햇볕이 가장 잘 드는 조그만 건물이었다. 화이트보드와 대형 티비 모니터, 그리고 천장에 매달려 있는 빔 프로젝트와 책상과 의자가 놓여 있었다. 그곳 에서 우리는 심리검사도 하고, 영화도 보았으며, 건강 검진도 했다.

우리들이 하는 상담은 특별히 정해진 게 없었다. 보통 상담 하면 진로상담, 금연상담처럼 상담이란 말 앞에 무슨 말이 붙게 마련인데, 우리가 하는 상담에는 그런 말이 없었다. 그러니까 활동도 그날그날 강사가 준비해온 것에 따라 달랐다.

"오늘은 자기 별칭과 자기소개 활동을 해 보겠어요. 여러분 모두 별칭 있죠? 이름 대신 부르는 것. 왜 그렇게 별칭을 지었는지, 그 뜻이 무엇인지, 그리고 여러분 장래 희망이 무엇인지에 대해서도 이야기하도록 하겠어요."

강사가 부드러운 목소리로 말하며 학습실을 한 바퀴 둘러보았다. 나는 강사가 내 곁을 지나갈 때 그녀의 자태를 유심히 살펴보았다. 아까 식탁에서 조오가 말한 내용이 사실인지 아닌지 확인하기 위해서였다. 그러나 얼핏 보아서는 상담강사의 아랫배가 나왔는지 홀쭉한지 알 수 없었다. 그녀가 두툼한 거위 털 파카를 입고 있기 때문이었다. 그러나 엉덩이는 확인할 수 있었다. 청바지를 입은 그녀의 엉덩이는 내가 보기에 조금 밑으로 처져 있었다.

"이 형은 별칭 없어요. 그냥 이름 써요."

록키가 나를 가리키며 말했다.

"이름 쓰는 사람은 자기 이름에 대해 말하면 돼요."

강사가 A4 용지 한 장을 나누어 주었다. 위에 '자기소개서'라고 타이핑 된 용지였다.

"별칭 이야기는 특별히 시간 안 줘도 할 수 있죠? 지금 나눠준 종이는 조금 있다 할 자기소개서를 쓰는 종이예요. 낙서하지 말고 잘 갖고 있어요."

그러면서 누가 먼저 자기 별칭에 대해 말해 보겠냐고 했다.

"학년 순으로 해요."

크리스 말에,

"학년 순? 그럴까요? 그럼 높은 순, 낮은 순?"

"낮은 순요."

조오가 학습실이 울릴 정도로 크게 말했다. 조오는 학습실 벽쪽에 붙어 앉아 한쪽 다리를 의자 밖으로 내놓고 다리를 덜렁덜렁 흔들고 있었다.

"이 중에 누가 학년이 가장 낮죠?"

"에기요."

"에기가 먼저 말해 볼래?"

강사 말에 에기 얼굴이 빨개졌다.

"제 별칭은 제가 진 거 아녜요."

에기 말에,

"에기는요, 나이가 제일 어려서 애기라는 뜻으로 우리가 붙여 준 거예요."

록키가 키득대며 말했다.

"그래요? 그럼 다음 사람?"

"얘 록키요. 록키는 영화 〈록키〉 있잖아요. 권투 영화. 그 영화에 나오는 사람이 좋아서 록키라고 했대요."

크리스가 록키보다 잽싸게 먼저 치고 나왔다.

"아, 실베스타 스탤론. 그 영화배우 이름이 실베스타 스탤론이에요. 근데 누가 록키야?

"얘요. 록키처럼 생겼잖아요. 머리도 곱슬대고."

크리스가 다시 록키를 가리켰다. 록키가 창피한지 두 손으로 얼굴을 가렸다.

"그 옆에 학생은?"

강사가 크리스를 가리키며 물었다. 이번엔 록키가 고자질하듯 말했다.

"얘는요. 크리넥스 화장지 있죠? 그때 크리넥스에서 넥자만 빼서 크리스가 된 거에요."

"그래요? 그럼 크리스는 무슨 뜻?"

"아무 뜻도 없어요. 그냥 크리스에요."

록키가 얼굴을 번죽대며 키득거렸다.

"야, 니들 지금 장난하냐? 똑바로 안 해?"

조오가 의자에 상체를 비스듬히 기댄 채 말했다. 조오 목소리가 화가 난 듯 새되게 높았다. 좋아하는 상담강사를 앞에 놓고 놀리는 것에 대한 분노 같았다. 조오 말에 록키와 크리스가 정색하며 자세를 바로 했다.

그때였다. 상체를 비스듬히 의자에 기댄 채 앉아 있는 조오 모습이 내 눈에 들어왔다. 조오는 한쪽 다리를 의자 밖으로 내놓고 흔들흔들 흔들며 한 손을 사타구니에 넣어 자기 성기를 주무르고 있었다.

"야. 조오."

내가 낮은 목소리로 조오를 불렀다. 조오가 붉게 달아오른 얼굴로 나를 바라보았다. 그러면서 그가 헤번죽 웃었다. 그가 달아오르는 흥분을 못 참겠다는 듯 고개를 뒤로 젖혔다. 그의 얼굴에 번죽번죽 느끼한 웃음이 번졌다. 기가 막혔다.

"너 뭐해, 하지 마."

내 말에 조오가 바지에서 손을 빼 자위할 때처럼 위아래로 흔들었다. 그가 앞니를 드러내며 히죽히죽 웃었다.

"너 정말…"

내가 말끝을 맺지 못한 채 어이없어 하자,

"너도 해. 진짜 죽인다."

조오가 들릴 듯 말 듯 입술소리로 말했다. 그때였다. 상담강사가 조오를 지명하며 별칭 의미에 대해 말해 보라고 했다. 갑작스런 지적에 조오가 당황해하는 모습이 역력했다. 조오가 흔들던 다리를 의자 안에 황급히 집어 넣고 흐트러진 옷매무새를 바로 한 후 천천히 상체를 일으켜 세웠다.

"제 별칭 뜻은 그냥 좋다는 겁니다. 좋아, 할 때의 그 좋아에서 조오가 된 거예요."

조오 말에 아이들이 킥킥 웃음을 터뜨렸다. 그건 나도 마찬가지였다. 너무 한심해서였다. 아니 한심하다기보다 어처구니 없다고나 할까. 무슨 거창한 의미라도 있을 줄 알았는데, 좋아서 조오라니.

"조오 학생은 뭐가 그렇게 좋아요?"

상담강사가 다시 물었다.

"저는 모든 게 다 좋아요. 꼭 좋아서 좋다고 하는 게 아니라 나빠도 좋다고 할 수 있잖아요? 자기 집도 그렇고, 학교도 그렇고. 사실은 싫은데, 그래도 그냥 좋다고 하는 거. 그게 싫다고 하는 것보다는 조오치 않나요?"

조오 말에 아이들이, 오 예, 박수를 치며 감탄했다. 나도 그의 말이 그럴 듯하여 고개까지 끄덕였다.

"이 형은 장래 희망이 해병대 자원하는 거예요. 고등학교 졸업하면 곧바로 자원한대요."

록키가 조오를 돌아보며 말했다.

"그래요? 조오 학생이 가장 확실한 꿈을 갖고 있네. 그런데 왜 하필 해병대지요?"

"아, 예. 충성! 멋있잖아요. 빨간 명찰의 싸나이, 으허허!"

조오가 오른쪽 손끝을 이마에 붙이며 거수경례 시늉을 했다. 그 바람에 아이들이 다시 배꼽을 잡고 웃었다.

"니들 웃지 마. 난 어디까지나 정규직이야. 나만큼 확실한 정규직인 사람 있어? 니들 나중에 사회 나오면 전부 비정규직에 하층민 노예들이야. 니들은 다 내 노예야."

조오가 의기양양하게 말하자 그때까지 아무 말 없이 앉아 있던 알란이 한 마디 툭 던졌다.

"미친 놈. 또 지랄허네."

알란 말에 조오가 발끈했다.

"너 또 욕했어. 뭐, 지랄한다고? 선생님, 지랄은 분명 욕이죠?"

조오 질문에 강사가 난감한 표정을 지었다.

"쟤는 요즘 입만 열면 욕이에요. 전에는 내 배에 칼빵을 놓겠다고 하고. 우와, 살벌해. 생긴 건 기생 오래비처럼 반질대게 생겼어도 하는 짓은 완전 조폭이라니까."

조오가 두 손을 흔들며 호들갑스럽게 말했다.

"자, 그만하고. 지금 말한 학생 별칭 말해 봐요."

강사가 알란을 지목했다. 모두가 알란을 쳐다보았다. 그러나 알란은 입을 다문 채 아무 말도 하지 않았다. 침묵이 흘렀다. 사실 나도 알란의 별칭 의미가 궁금했다. 지금까지 다른 아이들이 말한 별칭 의미는 실소를 자아내기에 충분했다. 뭐 거창한 의미라도 있을 줄 알았는데 장난도 수준 이하였다. 그렇다면 알란은? 알란은 무슨 뜻일까? 알란은 영어일까? 아님 우리 말 가운데 어떤 말을 줄인 것일까. 그러나 알란은 끝내 입을 열지 않았다.

"말하기 싫으면 안 해도 돼요. 그럼 이제부터 자기소개를 해 보도록 할까요?"

강사 말에 아이들이 너나없이 거부 반응을 나타냈다.

"아까 나눠 준 종이 있죠? 거기에 자기 자신에 대해 소개하고 쓰고 싶은 내용을 쓰세요. 시간은 30분 주겠어요. 30분 후에 발 픕니다. 여기 학습실에서 써도 좋고 쉼터 안 자기 방에 가서 써도 좋아요. 대신 안에 가서 티비는 보지 않도록 해요. 지금까지 자기 삶을 돌아본다고 생각하고 진지하게 써 보도록 해요."

강사가 말하자 조오와 록키 크리스가 자리에서 일어나 밖으로 나갔다. 흡연실에 담배를 피우러 가는 것 같았다. 학습실엔 나와 에기, 알란이 남았다. 나는 학습실 유리창으로 투과해 들어오는 오후의 겨울햇살을 바라보았다. 햇빛의 따뜻한 알갱이들이 얼굴에 환하게 와닿았다. 포근하고 나른하기까지 한 오후였다. 늘 따뜻함에 대한 아쉬움이 남는 잔약한 겨울 햇살이었지만, 이렇게 바람 없는 실내에서 쬐니 몸이 사뭇 따뜻해졌다. 나는 햇빛을 얼굴 정면에 받으며 눈을 감았다. 감은 눈꺼풀 위로 이상한 도형 같은 것이 공중에 떠다녔다. 환이었다. 앞에 앉아 심심해하던 에기가 일어나 밖으로 나갔다. 그가 나가면서 목도리 달린 모자로 책상 위를 내리쳤다. 깜짝 놀라 눈을 뜨니 밝고 투명한 햇빛이 두 눈을 쿡 찔렀다. 잽싸게 손으로 눈을 감싼 후 천천히 다시 떴다. 에기가 나간 자리에 그때까지 보이지 않던 학습실 먼지가 떠올라 투명한 빛다발 속에 반짝이며 떠다녔다. 알란은 자기소개서를 쓰는지 책상에 앉아 종이에 무언가를 끄적거렸다.

"평대 학생은 안 써요?"

의자에 앉아 무슨 책인가 넘겨보던 강사가 말했다.

"쓸 게 없는데요."

"그래요? 지금까지 집이나 학교에서 많은 일이 있었을 텐데."

"그래도 쓸 게 없어요."

내 말에 강사가 고개를 끄덕이며 푸근하게 웃었다.

30분이 지나자 아이들이 다시 학습실로 모였다. 에기를 제외한 모두의 입에서 진한 담배 냄새가 났다.

"누가 발표해 볼까?"

"에기요. 에기 진짜 열심히 썼어요."

우리들 중 에기 외에는 아무도 쓴 사람이 없었다.

"그럼 에기 학생이 한번 발표해 볼래?"

강사 말에 에기가 머리를 긁적이며 일어섰다. 그때 뒤에 있던 크리스가 에기가 들고 있던 자기소개서를 확 낚아챘다.

"우아. 에기 진짜 많이 썼다. 이거 봐."

크리스가 종이를 높이 들고 흔들었다. 에기가 얼굴을 붉힌 채 달라고 했다. 강사가 에기에게 앞에 나와 발표하라고 했다. 에기가 앞으로 나왔다. 에기가 종이에 코를 박고 떠듬떠듬 읽었다.

"우리집은 할머니 집이 있는 영월 근처에 제천에 있었다.

엄마와 아빠가 결혼을 해서 제천에 있는 아빠 집에서 살기로 했다 한다.

나는 20**년 9월 *일 새벽쯤 제천 쪽에 있는 어느 한 병원에서 태어났다.

엄마는 집안일을 하였고 아빠는 공장에 다녔다고 한다.

2살 때 엄마는 동생을 나았고 나는 기어다니기 시작했다고 한다.

3살 때 조금 걸어다녀서 엄마와 산책하러 가는데 계단을 내려가다가 넘어 넘어져서 힘들었었다고 한다.

아빠의 말대로라면 아빠한테는 엄마라고 했고 엄마한테는 아빠라고 해서 똑바로 고쳐주기 위해 엄마는 "나는 엄마야 알았지? 엄마!" 아빠는 "난 아빠 아빠로 불러봐."라고 했었다고 한다."

이 부분을 읽는데, 아이들이 책상을 치며 난리가 났다.

"와하하, 야 에기. 넌 어려서부터 또라이구나."

아이들 소란에 에기가 얼굴을 붉힌 채 읽기를 중단했다. 상담강사가 제지하여 조용해지자 다시 더듬더듬 읽었다.

"나는 5살 때 아빠가 컴퓨터 하는 것을 보고 아빠한테 컴퓨터 가리쳐달라고 하니까 제일 먼저 컴퓨터 게임인 스타크래프트를 배웠다. 아빠가 유닛 설명을 하고 아빠하고 같이 컴퓨터를 해 보았다.

6살 때 아빠가 다니던 핸드폰 만드는 공장에서 "저기 연천 쪽에 일손이 부족하니까 연천 쪽으로 가계나"라고 해서 우리 가족은 연천으로 이사를 갔었다.

그리고 한 유치원에 다녔다. 유치원에서 친구가 "나 땡땡이 해봤다"라고 하자 땡땡이라는 말을 몰라서 "그게 뭔데?"라고 하자 "유치원을 안가는거야." "어떡해?" "간단해 엄마가 유치원에 데려다주고 엄마 갈 때까지 몰래 기다리다가 근처 아파트에 놀이터로 놀러가는 거지." "재미있겠다" "그럼 내일 같이 할래?" "해볼까?" 그러게해서 나는 다음날이 돼어서 땡땡이를 성공하는대 "야 어제 곧 해가 진다" "그래 가자" 그날 밤 엄마가 "너 유치원 도망 갔다며? 너 혼을 나보자" 그후 엄마의 잔소리가 30분 정도 됐던거 같았다. 나는 그때 처음으로 왕따였다. 그후 땡땡이를 다시는 안치기로 하였다.

땡땡이란 말에 다시 아이들이 배꼽을 잡고 웃었다.

"야. 너 유치원 때부터 땡땡이친 거야? 나보다 땡땡이 대선배다, 우하하."

록키가 크리스 어깨를 잡고 미친 듯이 웃었다. 조오도 나도 알란까지도 치밀어 오르는 웃음을 참을 수 없었다. 우리가 책상을 치며 웃을수록 에기 얼굴에 당황해하는 표정이 역력했다. 얼굴을 붉힌 채 웃는 듯 마는 듯한 표정을 지으며 에기가 상담강사를 바라보았다.

"에기한테 그만하라고 할까요?"

상담강사 말에 아이들 모두 펄쩍 뛰었다.

"다른 사람이 앞에 나와 발표하는데 그렇게 웃고 떠들면 되겠어요?"

그제야 아이들이 다시 조용해졌다.

"다음날은 아니꺼면 한달쯤 뒤 엄마하고 아빠하고 이혼을 하였다. 자세한 건 말하고 싫겨 않다.

초등 1학년이 돼았다. 나는 양상초등학교에 입학하였다. 그때는 아직 동생이 "나는 아빠가 없어"라고 동생 친구한테 말하자

동생이 "영화네 아빠 없대"라고 내 친구한테 말하고 멀리 쏴가

뒀고 어째는 꽃에 됐었다. 학교 전체에 소문이 난 것이다. 그후

나의 활발한 성격이 말없고 활발하지 않은 성격으로 됐어버렸다.

그후 나는 서울 신림동에 신림초등학교로 이사를 갔다. 우리 가

족은 아니고 나만 큰외숙모 집에 갔다.

　1학년 때 나는 말이 없는 우등생이라는 별명이 붓을 정도로

공부를 잘했다고 한다. 그때는 모든 아이들을 무시하였다.

　2학년 때는 득경이형이랑 1주일 동안에 땡땡이를 했다."

　에기 말 한마디에 아이들 분위기가 좌지우지되었다. 에기가

부모님 이혼 이야기를 할 때는 분위기가 무겁게 가라앉았다가

다시 땡땡이 이야기를 하자 책상을 치며 웃었다. 조오는 의자

등받이에 몸을 비스듬히 기대고, 로키와 크리스는 책상에 엎드

려 에기 말을 주의 깊게 들었다. 알란도 한쪽 팔로 턱을 괸 채 편

안한 자세로 에기 말을 경청했다. 책상을 치며 웃고 떠들었지

만, 그러나 아이들은 에기 발표를 진지하게 들었다. 누구도 에

기한테 눈을 떼지 못했다. 상담강사도 발표하는 에기 옆에서 에

기 말에 귀를 기울였다. 붉어졌던 얼굴이 창백해진 채 에기가

다시 발표를 이어갔다.

'하루는 "형 어디 가는 거야" "PC방" "가면 땡땡이친다는거 들키잖아" "그냥 체고기념일이라고 해" "그래도 들켜지 않을까" "괜찮아"라고 했는데 안들켰다.

다음날부터는 놀이터에 있는 박스로아지트를 만들었다. 아지트는 내가 만든 게 아니고 큰외삼촌이 철거동안거? 내 커면한 것을 문으로 하고 상자를 많이 주셔서 나무로 기둥을 만들고 상자 박스로 벽을 만든 멋있는 아지트다. 그 아지트에서 놀아도 안들켰다. 그 아지트는 학교 뒷산 꼭대기에 만들었기 때문에 안들킨 거 같았다. 그 산은 높지가 않아 20분면 올라가면 정상에 도착하는 산이다. 거기에서는 카드를 가지고 놀았다. 그러다 졸려서 집으로 갔는데 정아 누나한테 들켜서 나는 "두..두경이 형이 하쳐여. 두경이 형이 아이스크림 사준다고 땡땡이 쳐쳐여"라고 말하자 나는 안 혼났지만 두경이 형은 큰외삼촌한테 맞았다.

두경이 형이 다 맞은 후 나는 형한테 맞았다.

"야. 내가 언제 그랬냐?"

"아, 아니 나라도 쓸려고......"

"……" 그 후 나는 멋었다.

나는 어제 3학년이 되자엄마가 어제 돈 많이 벌었으니가 가자고
하자 나는 더 있고 싶었지만 구미로 이사를 갔다. 구미로 전학을
가서도 왕따였다. 그때는 아파트 뒷산에 올라갔는데 거거에는
팔걸정, 훌라후프, 철봉 등이 있었는대 거거서는 큰 체 가 있었는
대, 그 때는 왕따여서 그 체하고 많이 놀았다. 그리고 그때 항상
초등학교에서 엄마 말은 꼭 옳다고 생각해서 엄마 말대로 다른
건 안하고 오직 공부만 했다. 학원도 안다녔다. 성적은 1- 2등
정도 하였다. 전교에서 말이다. 그런대 말을 안해서 벙어리라는
별명이 붙었다.'

전교 1 ~ 2등이라는 말에 아이들이 다시 한 번 요동쳤다. 모
두 함께 입을 모아 오- 우, 감탄했는데, 그것은 전혀 믿을 수 없
다는 야유이기도 했다. 크리스가 진짜냐고 물었다. 에기가 그렇
다며 고개를 끄덕였다. 조오가 우스갯소리로 나는 에기가 당연
히 그럴 줄 알았다며 너스레를 떨었다. 그러면서 자기도 초등학
교 때 그랬다고 했다.

"나는 차폐 증상이 있어서 연필과 대화를 한 적이 있다. "넌 왜 나올 때 검은 색으로 나오니?" "그야 내 심이 검은색이니까 그렇지." "그럼 넌 왜 손이 있냐?" "난 사람이니까." 그런데 내 짝이 "선생님! 김영환 혼자말 중얼거려요" 하니까 "저건 차폐증상이란다"라고 선생님이 말씀하시자 "나는 차폐가 뭐죠?"라고 한 후 선생님이 "대친 것이다" 해서 어째는 연필하고 대화를 안했다.

12살 때 신의 축복을 받은 듯 아주 내 일생에 중대한 사건이 생겼다. 내 첫 번째 친구가 생긴 거다. 이름은 김견명이다. 내가 말을 안 하는 것을 보고 "말 좀 해봐"라고 하자 아무 말없이 집 까지 왔는데 계속 따라와서 왜 따라오냐고 물으니까 "그냥" 이리 말해서 차츰 대화를 하게 됐었다. 그런데 아빠의 회사 사정으로 이사를 가게 됐었고 나는 또 왕따 당할까봐 무거 슬펐다. 아산으로 전학 와서는 다른 아이들하고 대화도 하고 좀 놀았다.

13살 때 초등학교 최고학년에 올랐다. 6학년 때 학원을 다녔고 성적도 조금 올랐다. 6학년 때는 별일이 없었다. 학원에서 이가온이라는 여자애를 좋아했다. 가온이는 키가 크고 얼굴은 보통인데 착해서 좋았다. 11월 11일 가온이에게 빼빼로와 편지를 보냈다."

아이들이 다시 난리를 쳤다.

"편지에 뭐라고 썼어?"

록키가 책상을 손바닥으로 치며 물었다.

"최대한 친해지고 싶다고."

에기가 아무렇지 않은 듯 록키를 바라보며 말했다. 에기는 조금 전과 다르게 아이들 야유와 조롱에도 전혀 당황하지 않았다.

"그 가은이라는 애한테 답장 왔어?"

에기가 그렇다며 태연하게 말했다.

"뭐라고 왔어?"

"나도 꽤 친해지고 싶다고."

이 말에 아이들이 다시 뒤집어졌다. 앉아 있던 상담강사도 허리를 잡고 웃었다.

"꽤 친해지고 싶다고? 그래서 어떻게 됐어?"

이번엔 조오였다. 조오가 상체를 마구 흔들며 웃다가 물었다.

"전학 갔어."

에기는 여전히 표정 하나 바꾸지 않으면서 자기 일이 아닌 것처럼 말했다. 에기의 전학 갔다는 말에 아이들이 금세 실망의 빛을 드러냈다. 에기가 크게 한숨을 몰아쉬며 상담강사를 바라보았다. 얼굴은 창백했지만 어딘지 모르게 의젓해 보이는 표정이었다. 나는 에기가 중학교 1학년이라 아직 어려서 저렇게 자기 이야기를 다른 사람 앞에서 발표하는 것이라고 생각했다. 록키나 크리스만 해도 절대 하지 않을 이야기를 에기는 하고 있는 것이다.

에기 발표가 끝나자 잠시 학습실에 적막이 흘렀다. 유리창으로 흘러들어온 빛이 책상과 학습실 바닥에 하얀 빛 무늬를 그렸다. 햇빛 속에 먼지 알갱이들이 춤을 추듯 떠다녔다. 우리 모두 크게 숨을 몰아쉬었다. 에기 말에 배꼽이 빠지도록 웃느라 부족한 숨을 들이마시기 위해서였다.

"그럼 여기 쉼터에는 어떻게 오게 됐어."

상담강사 말에 에기가 말없이 고개를 좌우로 흔들었다.

"얘기하고 싶지 않아?"

에기가 그렇다고 했다. 에기 눈에 설핏 맑은 이슬이 내비쳤다. 상담강사가 에기를 다정하게 끌어안으며 수고했다고 했다. 에기가 성큼성큼 걸어 자리에 가 앉았다.

"에기 학생 정말 수고 많았어요. 여러분도 느꼈겠지만 다른 사람 앞에서 자기 얘기를 한다는 게 쉬운 일이 아니에요. 용기가 필요하죠. 자신을 드러낼 수 있는 용기. 오늘은 에기 학생이 가장 저학년인데도 그 용기를 보여 주었어요. 우리 에기 학생에게 박수 한 번 크게 쳐 줘요."

학습실에 박수 소리가 요란하게 울렸다. 에기가 창백한 얼굴에 멋쩍은 미소를 머금고 뒤를 돌아보았다.

5

상담강사가 다녀간 날 나는 꿈을 꾸었다. 꿈은 하나의 장면
으로 이어지는 것이 아니라 여러 장면이 마구 뒤섞여 골치 아픈
꿈이었다. 조오와 나는 쉼터에서 나와 어디론가 가고 있었다.
조오가 걸음을 빨리해 앞서 가면서 나를 손짓해 불렀다. 나는
바삐 발걸음을 내딛었으나 조오를 따라잡을 수 없었다. 조오는
건장한 몸에 팔을 양 옆으로 힘차게 휘저으며 보폭을 크게 하여
걸었다. 나는 그러한 조오를 이해할 수 없었다. 그는 뒤도 돌아
보지 않은 채 앞만 바라보며 거의 뛰다시피 걸었다. 꿈이었지만
나는 숨이 찼고 난감했다. 부딪힐 듯 마주 오는 사람을 하나하
나 피해야 했으며, 그들을 피하다 보면 조오는 벌써 저만치 앞
서 가고 있었다.

어느새 꿈은 조오가 상담강사와 같이 있는 장면으로 바뀌었
다. 상담강사? 분명히 그녀 얼굴이었지만, 어찌 보면 또 아닌 것
같기도 했다. 누구였더라? 아무리 생각해도 알 수 없었다. 물속
에 가라앉은 물체를 보는 것 같았다. 조오와 같이 있는 여자 얼
굴이 일렁거려 뚜렷한 형체를 알 수 없었지만, 그러나 어딘가

친근한, 어디선가 본 듯한 얼굴임이 분명했다. 조오가 그녀와 벌거벗은 채 섹스를 했다. 조오가 허리를 움직일 때마다 밑에 있는 여자가 버둥거렸고, 조오의 희고 넓은 등과 가운데가 깊게 파인 엉덩이가 끊임없이 움직였다. 나는 그런 장면을 지켜보고만 있었다. 꿈속에서도 나는 숨이 차올랐고 아랫도리가 뜨거워짐을 느꼈다.

그때였다. 꿈의 장면이 내가 살던 동네 허름한 건물로 바뀌고, 컴컴한 건물 내부에 나와 지수 둘이 있었다. 그날도 우린 늦게까지 알바를 했고 그런 다음 만나고 있었다. 고1 겨울방학이 끝나가는 1월 말 어느 날이었다. 이제 한 달만 더 있으면 우린 고2가 될 터였다. 우린 너무나 추워 바람이라도 피하려고 건물 유리문을 밀었다. 다행이 문은 잠겨 있지 않았다.

그러나 거기까지였다. 이층 입구에 셔터가 내려져 있어 우린 더 안으로 들어갈 수 없었다. 우린 계단에 나란히 쪼그려 앉았다.

추웠지만 바람을 피하니 안온함이 느껴졌다. 옆에 있던 지수가 내 어깨에 머릴 기대왔다. 지수의 차가운 뺨이 내 얼굴에 닿았다. 나는 지수를 힘껏 끌어안았다. 지수가 입고 있는 두꺼운 겨울 파카가 내 팔에 부피감 있게 안겼다. 우린 키스 했고, 추워 바지만 내린 채 섹스 했다. 계단에 쪼그려 앉은 터라 몸놀림이 불편하고 어색했다. 그렇지만 우리 몸은 곧 뜨거워졌고 거친 숨을 몰아쉬며 사랑으로 한 걸음 다가가고 있었다. 지수가 아기가 생기면 어떻게 하냐고 물었다. 아기라는 말에 가슴이 덜컥 내려앉았다. 나는 우리가 키우자고 했다. 지수는 우리가 어떻게 키우냐고 했다. 나에게 그럴 자신이 있느냐고 했다. 나는 대답 대신 그녀를 끌어안고 가만히 머리를 끄덕였다.

꿈은 여러 장면이 모자이크 되어 난장판으로 이어졌다. 조오와 상담강사는 여전히 뒤엉켜 있었고, 지수와 나는 아기 문제를 놓고 다퉜다. 지수 배 속에 아기가 자라고 있었고, 나는 지수가 아기를 지우기를 바랐다. 지수는 끝까지 아기를 낳겠다고 고집했다. 그런 지수에게 나는 덜컥 겁이 났다. 아기를 낳아서 어쩌자는 건가. 이제 고2인 우리들이, 학교와 집에 소문이란 소문은 다 날 텐데. 나는 다시 내가 돈을 마련하겠으니 지우자고 했다. 지수는 절대 안 된다고 했다. 자기가 낳아서 혼자라도 키우겠다고 했다. 우린 한 치도 물러서지 않고 언성을 높여 싸웠다. 잠시 후 불쑥 지수가 아기를 안고 나타났다. 나는 흠칫 놀라 뒤로 물러섰다. 지수가 다가왔다. 나는 뒤돌아서 달아났다. 나를 부르는 지수의 외마디 소리가 등 뒤에서 울렸다. 나는 죽을힘을 다해 달아났지만, 여전히 아기를 안고 다가오는 지수로부터 멀어지지 않았다. 어느덧 내 앞을 가로막은 지수가 아기를 내 품에 안기며, 이 애는 네 아기야, 네 아기인데 왜 도망쳐, 하며 울부짖었다. 나는 얼결에 아기를 받아 안았다. 생각보다 아기는 가벼웠다. 나는 깜짝 놀라 아기를 바라보았다. 헉! 그런데 이게 웬일인가. 아기는 없고, 아기가 있어야 할 포대기 안에 알란의 고무 인형이 놓여 있지 않은가? 나는 나도 모르게 아기를 놓아 버렸다. 땅에 떨어진 아기가 자지러지게 울고 지수가 울부짖으며 아기를 안아 올렸다. 아기를 품에 안은 지수가 나에게 덤벼들었다. 나쁜 놈, 아기를 땅바닥에 던지다니. 지수가 상처 입은 짐승처럼 울부짖었다. 지수가 한 팔로 내 어깨를 그러쥐고 흔들었다. 아기는 울고 나는 어쩔 줄 모른 채 지수 손에 이리저리 흔들리고.

긴 모질음 끝 겨우 잠에서 깨어났다. 꿈속에서 울었는지 내 눈이 촉촉이 젖어 있었다. 눈가 물기를 닦으며 나는 그대로 침대에 누워 있었다. 일어날 기분이 아니었다. 아무리 꿈이라지만 너무나 이상하고 망측했다. 지수와 섹스를 한 일이 꿈에 나타나기는 처음이었다. 또 지수가 아기를 낳는 꿈도 처음 꾸는 꿈이었다. 그렇다면 정말 지수가 아기를 낳았단 말인가? 나는 누운 채 손가락을 꼽으며 달수를 계산했다. 그녀와 관계를 맺은 지 일 년이 다 되어 갔다. 그렇다면 혹시, 정말? 지수는 그녀 고집대로 아기를 낳은 걸까? 그런데 왜 포대기 속 아기가 알란의 고무 인형으로 보였을까? 아기나 지수에게 안 좋은 일이 있는 걸까?

나는 잠자리에서 일어났다. 땀에 후줄근히 젖은 몸이 힘없이 늘어졌다. 거실에 켜 놓은 노란 알전구 불빛이 방에까지 비쳐들었다. 빛은 희미하고 노랗게 방 입구에서부터 바닥에 드리워져 있었다. 나는 세차게 고개를 흔들었다. 일부러 크게 팔을 벌려 기지개를 켜기도 했다. 어수선한 꿈의 잔영을 털어 내려 했지만 꿈의 마지막 부분이 눈에 보이듯 선명하게 떠올랐다. 다시 한 번 머릴 흔들며 일어나 식탁으로 갔다. 물을 마시고 싶었다. 모두 잠이 들었는지 방마다 고르게 오르내리는 숨소리만 들렸다. 나는 발꿈치를 들고 소리 나지 않게 걸었다. 조심조심 노란 불빛 속을 걷고 있는 내가 유령 같았다. 거실을 지나며 알란 방을 들여다보았다. 알란도 깊은 잠에 빠져 있었다. 그는 담요를 다리 사이에 끼고 등을 새우처럼 구부린 채 자고 있었다. 그는 자면서도 고무 인형을 끼고 있었다.

알란은 고무 인형을 늘 손에 놓지 않으면서도 인형에 대해서는 한 마디도 말하지 않았다. 인형뿐만 아니라 자기 신상에 대해 일체 입을 열지 않았다. 창백한 낯빛에 세상을 냉소하듯 쏘아보는 날카로운 눈빛. 서릿발 같은 차가움에 웬만한 사람은 그를 보는 순간 질려 버릴 외모였다. 그와 앙숙인 조오. 조오는 알란에 비하면 무척이나 단순했다. 몸집이 크고 화를 버럭 내 상대에게 다소 위압적이지만, 또 아부하는 것을 좋아하는 조오는 그것이 그의 전부였다. 그런 그의 성격을 아는 사람이라면 그만큼 그를 다루기가 쉬울 것이었다.

꿈에 나타난 지수 생각에 마음이 무거운 바위에 짓눌린 듯 답답했다. 아무리 생각해도 뾰족한 수가 없었다. 나는 뱃속 아기를 지우는 것이 최선이라고 생각했다. 그러기 위해 나는 어떻게든 낙태에 드는 돈 40만 원을 마련하려고 했고, 한 달 알바비에 부족한 부분은 친구한테 꿔서라도 그 돈을 마련하려고 했다. 그러나 지수는 완강했다. 무슨 일이 있어도 아기를 낳아 기르겠다고 했다. 날이 갈수록 나는 앞이 캄캄했고 무서웠다. 집도 학교도 지수도 모두가 무서웠다. 고2인 내가 아빠가 되다니. 부모님을 어떻게 대하고 학교에는 어떻게 다닌단 말인가. 나는 그 일로 인해 일어날 여러 문제를 견뎌낼 자신이 없었다. 그래서 결국 나는 이 모든 것들로부터 도망치기로 결심했고, 전화번호를 바꾸고 일체 외부와 연락을 끊은 채 집을 나왔다. 지수가 얼마나 나를 찾았는지는 모른다. 지수가 등 뒤에서 손가락질하며 배신자라고 울부짖는 모습이 눈에 떠올랐다. 그러나 어쩔 수 없는 일이었다.

나는 침대에 걸터앉아 멍하니 있었다. 다시 잠을 이룰 수 없을 것 같았다. 나는 천장만 우두커니 바라보았다. 쉼터는 주방 냉장고 돌아가는 소리 외에 모든 소리가 가라앉아 고요했다. 모두가 잠든 시간 나만 깨어 있다는 것이 이상했다. 나는 숨을 깊이 들이마셨다 천천히 내쉬었다. 목 뒤와 양쪽 옆구리가 뻐근했다. 밤에 잠을 잘 자는 사람들이 행복해 보였다. 문득 지수도 어디선가 잠을 이루지 못할 거란 생각이 들었다. 그렇겠지. 잠을 잘 수 없겠지. 내 생각을 하고 있을까? 아니면 기필코 낳겠다는 아기 때문일까? 어쩌면 이 밤에 잠을 제대로 자기 못하는 사람이 나와 지수뿐일 거라는 생각에 가슴이 먹먹하고 고개가 숙여졌다.

평소 꿈을 많이 꾸는 나였지만 이번처럼 난삽하게 또 무섭게 꾼 적은 없었다. 지수가 아기를 안고 있는 모습도 무서웠고 그 아기가 고무 인형으로 변해 있는 것에 몸서리가 쳐졌다. 알란의 고무 인형에 새겨진 '생명에 이르는 병'이라는 말이 생각났다. 알란은 어느 누나가 해 준 말을 인형에 새긴 것이라고 했다. 그러고 보니 알란이 자기와 관련된 이야기를 한 것은 그 말이 유일했다. 생명에 이르는 병. 나는 그 말의 단어 하나하나를 놓고 생각해 보았다. 어려운 말은 아니었다. 생명에 도달하기 위한 병, 그런 의미였다. 그런데 생명이란 무엇일까? 나와 지수 일로 본다면 '아기'일까. 지수 뱃속에서 자라고 있던, 아니 어쩌면 이미 세상에 태어났을지도 모를, 내가 무서워 도망친 그 아기일까. 아기가 생명이라면 병은 무엇일까? 나와 지수? 아기를 낳게 한 부모가 병일까? 그렇게 생각하니 생명은 아기가 아닌 다른 것일 것 같았다. 그렇다면 뭘까? 나와 지수가 예전처럼 다시 가까워지는 것? 그러나 그것은 불가능한 일이었다. 아기 낳는 문제를 놓고 서로 생각이 너무 다르니까.

드디어 우리는 알바를 나가게 되었다. 쉼터에서 생활하면서 원생들이 가장 기다리는 일이 바로 이 알바였다. 알바는 교도소에서 복역 중인 죄수들이 교도소 밖으로 나가 사회활동을 하는 것과 똑같은 설렘을 가져다주었다. 아, 금기의 선을 합법적으로 넘을 수 있다는 사실. 그로 인해 맛보는 자유와 설렘. 그것은 단순한 자유가 아닌 쾌감에 가까운 것이었다. 수용된 자들의 (우린 강제로 수용된 것은 아니지만) 감각이란 늘 최소한으로만 작동되기 마련이다. 갇힌다는 것은 감각의 단순화에 다름 아니다. 먹어서 맛보는 것, 보고 듣는 것, 피부로 느끼는 것 등은 폐쇄 공간에 갇힘과 동시에 닫혀 버린다. 다시 말해 움직임이 단순화되고 사물과 접촉이 최소한으로 제한되면서, 감각 작동도 둔화되거나 딱딱하게 굳어져 버린다. 마치 비닐 안에 포장된 마른 미역처럼.

　그러나 그 미역에 물을 부으면 딱딱하게 굳었던 것이 꾸들꾸들 원래 모습으로 되살아나듯 둔화된 감각도 일시에 살아난다. 유폐된 기간이 길수록 되살아난 감각이 느끼는 신선함은 크다.

겨우내 쉼터에서만 생활해 온 우리들이 밖에 나가 바람을 쐬고 인파를 헤치며 거리를 활보할 것을 상상해 보라. 그것은 환희요, 축제요, 엔돌핀이 마구 분비되어 우리 몸을 흥분으로 풀무질 해대는 행위다. 돈도 없고 시간도 짧지만 밖에 나간다는 것 자체만으로도 끄물끄물 죽어 있던 세포 감각을 활성화시켜 폭발시키기에 충분한 일이다.

알바를 나가기 전 사무장 교육이 있었다.

"그동안 겨울이라 알바를 나가지 못했다. 날씨도 춥고 길도 미끄러워 그만큼 위험해서 그리한 것이다. 알바에서 가장 중요한 것은 안전이다. 오랜만에 밖에 나가 마음이 들떠 사고가 날 수 있는데, 안전이 가장 중요하다. 길을 건널 땐 반드시 횡단보도로 건너라. 걸을 땐 꼭 인도로 걷고. 여러분들이 밖에 나가 사고 나면 여러 일이 복잡해진다. 여러분들 집에 연락해도 오지 않는 경우가 많고, 그럼 치료비 문제에 여러 골치 아픈 일들이 많으니 특히 교통사고 조심하기 바란다."

사무장이 긴장했는지 목소리가 사뭇 굳어 있었다. 그가 큼큼 헛기침하며 말을 이었다.

"우리나라는 알바 천국이라고 해도 과언이 아니다. 알바 없는 직종이 없다. 사람이 있는 곳에 알바가 있다. 그 정도로 알바가 많다. 꽃집, 커피숍, 노래방, 편의점, 마트, 설거지, 빨래, 택배, 주요소, 피자집….”

“설거지 알바도 있어요?”

록키가 물었다.

“설거지도 있고, 아기 돌봄도 있고, 주말만 하는 주말 알바, 시간에 따라 하는 시간 알바 등, 없는 게 없다.”

그러면서 사무장이 청소년들이 하는 알바에 대해 말했다.

“지금부터 하는 이야기는 너희들이 어딜 가든 알바 할 때 꼭 알아야 할 것들이다. 그만큼 중요한데, 먼저, 청소년 알바는 만 15세 이상 18세 이하 청소년만 할 수 있다. 하루 7시간 기준으로 일주일에 40시간 이하로 할 수 있으며, 2015년 기준 시간 당 시급 5580원을 지급한다. 또 고용주는 청소년이라 할지라도 근로조건과 시간 시급 등이 명시된 근로계약서를 작성해 주어야 하며, 일하다 다치면 산재보험법이나 근로기준법에 따라 치료나 보상을 받을 수 있다.”

사무장이 오늘 알바는 전단지 알바이며, 오전 10시부터 오후 2시까지 4시간 한다고 했다. 한자 학습지 회사에서 만든 전단지인데 알바에 필요한 계약은 쉼터에서 일괄적으로 했다고 했다.

"에기는 남아야지? 넌 만 15세가 안 되어 계약에서 뺐다."

사무장 말에 에기가 심드렁히 토라졌다. 순간 에기 눈에 눈물이 비쳤다.

"에기 뭐 사다 줄 것 없어?"

크리스가 토라진 에기에게 말했다. 눈물을 글썽이는 에기 어깨를 감싸 안는 모습에 크리스의 인정이 묻어났다.

"공짜로? 공짜라면 말하지."

"공짜가 어딨냐?"

"그러면서 뭘."

에기가 크리스 팔을 풀며 외토라졌다.

알바는 팀을 짜서 그대로 진행되었다. 나는 조오와 한 팀이 되었다. 알란은 록키 크리스와 한 팀. 사무장이 조오와 알란 관계를 고려하여 팀을 그렇게 짠 것 같았다.

우린 밖으로 나갔다. 현관을 나서자 겨울 찬 공기가 가슴 깊이 파고들었다. 살갗에 소름이 돋고 으스스 몸이 떨렸지만 기분만은 상쾌했다. 나는 눈을 가늘게 뜨고 푸른 하늘을 올려다보았다. 얼마 만에 보는 하늘인가. 깊이를 알 수 없는 하늘에 잘게 부서진 햇빛 알갱이가 눈에 부셨다. 거의 한 달여 만에 밖에 나온 외출이었다. 쉼터 마당 눈을 치운 후 우린 거의 한 달 동안 안에서만 틀어박혀 지냈다. 우린 쉼터 마당에서 몸을 마구 흔들며 점프했다. 정원에 쌓여 있는 눈을 뭉쳐 던지기도 했고, 농구선수가 슛하는 자세로 공중으로 뛰어오르기도 했다. 현관문 하나를 사이에 둔 안과 밖이 이렇게 다르다니. 우린 뭍에 있던 오리들이 물에 뛰어들어 자유롭게 헤엄치듯 겨울 아침 한나절 싱그러운 공기 속에 폐가 터지도록 숨을 몰아쉬었다. 서서히 달구어진 몸에서 후끈한 열기가 뿜어져 나왔다.

쉼터 골목에 봉고차 한 대가 대기하고 있었다. 시동을 켜 놓아 차 꽁무니에서 푸른 김이 가릉가릉 뿜어져 나왔다. 우린 후다닥 차에 올랐다. 사무장이 일 끝나면 시내 배회하지 말고 곧바로 쉼터로 오라고 말했다. 조오가 창문 밖으로 손을 내밀어, 충성, 다녀오겠습니다, 거수경례를 했다.

골목을 빠져나온 차가 대로를 달렸다. 겨울 아침 길이 미끄러운데도 차들이 속도감 있게 달렸다. 달리는 차 뒷꽁무지에 흙과 뒤섞인 눈발이 튀어 올랐다.

알란과 록키 크리스가 먼저 내렸다. 오늘 우리가 작업해야 할

구간은 모두 아파트 단지였다. 시민회관 입구에 차를 세운 기사가 뒤에 있는 짐칸에서 플라스틱 바구니 두 개와 전단지 네 뭉치를 길에 내려놓았다.

"저기 궁전 아파트에서부터 여기 푸르지오 있지? 너희 셋이 할 일은 저 아파트 우편함에 이걸 꽂아 넣는 거야. 빠트리지 말고 다 꽂아야 돼. 나중에 우리 직원이 나와서 조사하니까. 어떤 애들은 하기 싫으니까 지나가는 사람들한테 나눠 주고 심지어 쓰레기통에 버리기도 하는데, 만약 너희들도 그러면 나중에 알바 비 없어. 그리고 일이 끝나면 곧바로 쉼터로 가. 갈 때 차 조심하고."

그러면서 기사가 주머니를 뒤적여 알란에게 돈을 주었다.

"이건 내가 특별히 니들 점심 사 먹으라고 주는 거야. 만오천 원이니까 셋이 라면이라도 하나씩 먹어."

알란이 받아들며 고맙다고 인사했다.

차가 다시 출발했다. 얼마를 갔을까. 골목을 빠져나온 차가 대로변에 주차했다. 기사는 아까와 똑같은 말을 반복하며 돈 만 원을 우리에게 주었다. 나와 조오는 플라스틱 바구니에 전단지 뭉치를 넣고 우리가 맡은 아파트 정문으로 갔다. 관리실에 용건을 이야기하자 경비 아저씨 허락을 맡고 작업하라고 했다.

나는 전단지 알바를 하면서 새로운 사실을 깨달았다. 이런 일을 인생을 배운다고 하는 걸까? 한 마디로 우리 같은 알바 생에게 경비실 경비 아저씨는 하느님이었다. 상관도 그런 상관이 없었다. 그들은 우리를 보자마자 못마땅해 했으며, 말을 놓는 것은 물론 이거 해라 저거 해라 명령까지 했다. 심지어 욕도 했다. 니들이 오지 않았으면 편히 쉬고 있을 텐데, 니들 땜에 쉬지도 못한다는 표정이 역력했다. 그들은 우리를 편히 쉬고 싶은데 귀찮게 앵앵거리는 파리나 모기쯤으로 보는 게 분명했다. 어느 아파트나 요즘 아파트는 출입구에 디지털 도어록이 설치되어 있어 비밀번호를 눌러야 안으로 들어갈 수 있다. 우리가 우편함에 전단지를 꽂기 위해서는 비밀번호를 알아야 한다. 그런데 경비가 누구냐에 따라 비밀번호 알기가 하늘의 별 따기였다. 인정있는 사람은 순순히 이야기해 주지만, 그렇지 않은 사람은 도난 사고가 있을 경우 책임지라는 각서를 요구했고, 그러면 각서를 쓴다 못 쓴다 실랑이가 벌어져 결국 작업을 포기해야 하는 때도 있었다. 또 경비실에 사람이 없는 경우 우리는 한도 끝도 없이 기다려야 했다. 그러다 보면 자연 우리가 하는 일에 대한 돈의 가치를 생각하지 않을 수 없었다. 한 시간에 5580원. 우리가 쉼터에서 받는 일주일치 용돈보다 더 많은 돈. 그런 피 같은 시간에 우린 닫힌 경비실 앞에 쪼그리고 앉아 경비가 나타날 때까지 할 일 없이 시간을 죽칠 수밖에 없었다.

그래도 경비가 나타나기라도 하면 우린 노예가 주인을 만난 듯 벌떡 일어났다. 그러면서 상대방이 선행을 베풀기를 바라는 가장 비굴하고 불쌍한 표정으로 전단지 작업을 하러 왔다고 말했다. 경비는 우리를 위아래로 훑어보았고, 가와 불가는 5초 안에 갈렸다. 그 5초 동안 그의 입이 어떻게 벌어질지를 바라보며 안절부절 못하는 우리들 마음이란.

끝까지 작업을 못하도록 하는 경비는 없었지만 그렇다고 처음부터 한 번에 작업하도록 허락하는 경비도 없었다. 그들은 경비실에 쌓여 있는 택배 물을 정리하라고 하거나, 심지어 걸레를 빨아다 경비실 바닥을 닦으라고도했다.

그들은 기본적으로 반말이었다. 우리같이 나이가 어린 사람에게 반말하는 것을 이해 못할 바는 아니었다. 그러나 이건 단순히 연장자가 손아랫사람에게 말을 놓는 것과 달랐다. 그들은 진실로 우리를 경멸했고, 인간으로 보지 않았으며, 인간 중에서도 최하 '하빠리'로 보는 것 같았다. 예전에 알란이 말한 '밑바닥'이라는 말이 생각났다. 밑바닥 인생. 그래, 따지고 보면 우린 밑바닥이었다. 집에서나 학교에서나. 그마나 쉼터에서 받아 주어 추운 겨울을 보내고 있는 것이지 그마저 없다면 우린 정말 갈 곳 없는 밑바닥 인생들이었다. 나이 스물도 되기 전에 벌써 인생이 밑바닥으로 굴러 떨어졌다는 데에 대한 분노와 서글픔이 동시에 밀려왔다.

경비에게 허락을 구하는 일도 쉽지 않았지만, 전단지 작업도 쉽지 않았다. 우편함 하나하나에 전단지를 한 장씩 밀어 넣는 일이 말더듬이가 억지로 말을 빨리해야 하는 것과 같았다. 일이 손에 익지 않아 전단지가 바닥에 떨어지기 일쑤였다. 그건 나나 조오나 마찬가지였다. 조오도 생각대로 일이 되지 않자 자기 같은 고급 두뇌가 이런 단순노동을 한다는 게 맞지 않는다며 투덜거렸다.

"전에 티비에서 어떤 경비 아저씨가 분신자살했다고 했지? 8층 아줌마가 창밖으로 떡을 던져주면서 '어이, 경비 이거 먹어.' 했다면서."

아파트 한 동 작업을 마치고 옆으로 이동하면서 내가 말했다.

조오가 자기도 그 기사를 보았다고 말했다.

"강자한테는 벌벌 기고 약자한테는 위세 떠는 게 바로 비굴이고 오만인 거야. 대부분 사람들이 그렇지. 작은 모멸에는 화를 내고 큰 모멸은 이를 악물며 참지. 사회가 그렇게 하도록 어려서부터 길들이고. 그러니까 강자는 오만하고 약자는 비굴한 거야. 요즘말로 갑질이라고 하지. 그런데 약자인 을이었던 사람들이 처지가 바뀌면 더 악랄하게 갑질을 하려고 들거든. 아파트 경비들이 우리한테 하는 것처럼. 너 갑질이란 말 알지?"

내 말에 조오가 안다고 했다. 그러면서,

"난 인간이 둘 이상 모인 곳이면 그런 비굴과 오만이 존재한다고 생각해. 그런 면에서 보면 인간도 동물이나 다를 바 없어. 동물은 생존하기 위해 본능에 따라 그러지만 인간은 사회적으로 형성된 감정을 갖고 그런다는 점에서 동물보다 인간이 더 악랄하다고 봐."

나는 조오 말에 감탄했다. 전혀 개념 없이 보이는 조오가 이런 말을 하다니. 사실 인간과 동물에 대한 비교는 나도 미처 생각지 못한 것이었다. 나는 조오가 말한 사회적으로 형성된 감정이라는 말을 곱씹어 보았다. 그러면서 생각했다. 인간의 감정이란 것도 어느 면에서 보면 각 개인의 고유한 것처럼 보이지만, 실은 그 사람이 처한 사회 환경에 의해 형성된 것일지도 모른다고. 또 자리가 사람을 만든다는 말도 있지 않은가. 아무리 인정 있고 너그러운 사람도 경비 옷을 입고 그 일을 하다 보면 성격이 까탈스럽게 달라질 것이라고. 그렇게 생각을 정리하자 지금까지 내가 갖고 있던 경비 아저씨들에 대한 인식이 달라짐을 느꼈다. 너를 다시 보게 되었다는 내 말에 조오가 어깨를 으쓱하며 번죽번죽 웃었다. 난 정말 조오에게 이런 면이 있구나 다시 생각했다. 평소 조오가 하던 말과 행동과는 너무 달랐기 때문이었다.

"우편함에 넣는 일은 그래도 편한 거야."

조오가 바구니에 담긴 전단지 뭉치를 집어 들며 말했다.

"아파트 현관문에 붙이는 알바는 진짜 힘들어."

조오가 전단지 일부를 떼어 나에게 주었다.

"두 명이 한 조가 돼서 하는데, 20층 아파트면 꼭대기까지 계단으로 걸어 올라가야 하거든. 한 사람은 전단지 들고 있고 한 사람은 테이프 잘라 붙이고. 시간도 많이 걸리고 일도 힘드니까 대신 단가는 세지."

우린 우편함에 전단지를 꽂으며 말을 나누었다. 조오는 예전에 그 알바를 한 적이 있다고 했다. 추석이나 설 때 마트에서 할인행사를 알리는 전단지를 각 가정의 현관문에 붙이는 작업이었다고 했다.

"너도 알바 했지?"

"응, 난 호프."

"거긴 몇 시까지 해?"

"가게마다 달라. 새벽 한두 시?"

"페이는?"

"난 그냥 주는 대로 받았어. 용돈으로 생각하고. 어떤 땐 사장이 잘 안 주기도 해. 사장이 우리가 어리다고 자기 멋대로야."

"밤에 알바하고 낮에 학교 가면 피곤하겠다."

"그러니까 만날 엎드려 자. 애들 다 그래. 공부하는 애는 없어."

나는 조오와 이야기하며 지수를 떠올렸다. 우리도 고등학교 들어가 지겹도록 알바를 했었다. 그때였다.

"야, 평대. 너 뭔가 숨기는 거 있지? 너 보면 그게 얼굴에 딱 써 있어. 굳은 표정이나 하는 행동이 뭔가 비밀을 숨기고 있는 것 같아."

"아니, 없어. 숨기긴 뭘 숨겨. 그냥 집 나와서 돌아다니다 갈데 없어 여기 온 거야."

"아냐. 내가 보기엔 그렇지 않아. 그동안 죽 너를 살펴봤는데 뭔가 숨기고 있는 게 분명해. 너 사고 쳤지?"

조오 말에 나는 가슴이 뜨끔했다.

"아니라니까. 아, 완전 배고프다. 여기만 하면 다 끝나지?"

화제를 돌리려고 내가 말했다. 우린 마지막 남은 전단지를 우편함에 넣은 후 빈 바구니를 들고 밖으로 나왔다.

"이 바구니 어떻게 하지?"

"쓰레기 분리함에 버려. 이제 필요 없는데, 뭘. 근데 점심 뭐 먹지?"

우린 아파트 단지 내 상가에 있는 중국집에 갔다. 중국집은 배달을 전문으로 하기 때문에 홀엔 탁자가 두 개밖에 없었다. 우린 게 눈 감추듯 음식을 먹어치웠다. 담배를 피우려는데 주인 아저씨가 우리를 빤히 쳐다보았다. 우린 속이 뜨끔해 밖에 나와 상가 계단에 앉아 담배를 피웠다. 복도 유리창으로 보이는 하늘이 마냥 푸르렀다. 햇빛에 섞인 담배 연기가 푸릇하게 허공에 퍼졌다. 조오가 입술을 오므려 동그랗게 연기를 뱉어냈다. 바람 없는 공중에 연기가 도너츠 모양으로 동글동글 피어올랐다.

"우리 부모는 둘 다 꼰대야."

조오가 침을 계단 바닥에 찍 깔기며 말했다.

"꼰대라니? 선생?"

"응. 엄마는 초등학교, 아빠는 고등학교."

나는 조오가 왜 그런 말을 하는지 선뜻 이해되지 않았다. 쉼터에 있는 원생은 누구나 서로의 과거를 묻지도 말하지도 않았다. 그것이 기본 원칙이었다. 사생활 보호 차원이 아니라 가슴 속 상처를 건드리지 말자는 암묵적 동의에 의해서였다. 대략 밖에서 어떻게 살았는지는 서로 알고 있었고, 여기까지 굴러들어 왔다면 어떤 상황인지 알고도 남았기 때문이었다.

"이혼 했어?"

"아니."

"근데 왜 나왔어?"

"이혼이라도 하면 차라리 낫지. 우린 각자 따로 놀아. 우리 넷이."

"넷?"

"어. 남동생 하나 있어."

"걔도 가출했냐?"

"아니 걘 범생이야. 엄마 아빠 좋은 유전자만 갖고 태어났나 봐. 걘 공부 잘해."

"내가 니네 집에 산다면 절대 가출 같은 거 안 하겠다. 부족한 게 뭐 있어. 그냥 가만히 집에 있기만 해도 알아서 다해 주잖아? 니네 엄마 아빠 너 여기 있는 거 모르지?"

"아니, 알아."

"그런데 왜 찾으러 안 와?"

"안 온대. 거기서 개고생 좀 해야 한대."

"고생? 여기가 집보다 더 편하잖아. 잔소리도 없고."

"말이라구. 하지만 안 오겠대. 쉼터에서 나오면 내 발로 걸어서 집에까지 오래. 내가 집 나갔으니까 집에 오고 싶으면 내 발로 걸어서 들어오래. 절대 데리러 안 온대."

"우아, 니네 꼰대 멋있다."

내가 씩 웃으며 조오 어깨를 툭 쳤다.

"이젠 완전 내놓은 자식이지. 처음 가출했을 땐 울고불고 난리였는데."

"누가, 엄마가?"

조오가 그렇다고 했다.

"그게 언제였는데?"

"중2 때."

조오가 말하며 엄지손가락으로 코끝을 슥 훔쳤다.

"니네 꼰대는 뭐해?"

"우린 시골에서 농사져."

"농사? 너만 서울 와 있는 거야?"

"어. 난 초딩 5학년 때 서울로 전학 왔어."

조오가 나를 보고 이상한 놈이라며 내 얼굴을 자세히 들여다보았다.

"왜 그래? 뭐 묻었냐?"

"암만 봐도 너 이상해서. 초딩 때 전학 왔다는 것도 그렇고, 또뭔가 계속 숨기고 있는 것 같아서."

조오 말에 시골 부모님과 지수 생각이 났다. 아무 것도 모른채 시골에서 농사일만 하고 있는 부모와 지수를 생각하면 눈앞이 캄캄했다. 가슴이 덜컥 내려앉고 내 인생이 여기서 끝나는것 같아 가슴이 옥죄어들었다.

"가자."

내가 먼저 벌떡 일어섰다. 더 생각해 봐야 머리만 아플 것 같
아 자리를 뜨자는 말이었다. 조오가 일어나며 꽁초를 손가락으
로 튕겨 계단 밑에 버렸다. 밖에 나오자 푸른 하늘에 눈이 부셨
다. 바람은 싸늘했지만 한낮 햇볕의 기운은 따뜻했다. 우린 쉼
터까지 걸어 가기로 했다. 오후 거리에 사람들이 붐볐다. 특히
시내버스 터미널이 가까워지면서 차도엔 차들이 인도엔 사람
이 넘쳐났다. 신호등 앞에 기다리고 있던 사람들이 신호가 바뀌
자 밀물처럼 밀려갔다. 우리도 그 틈에 끼어 어깨를 움츠린 채
길을 건넜다. 어린아이, 노인, 젊은 남자와 여자들, 팔짱을 낀 채
걸으면서 입 맞추는 연인들.

어제도 오늘도 그리고 내일도 나와는 전혀 상관없이 이 모든
것들이 존재했다는 사실에 야릇한 분노가 치밀었다. 그렇구나.
나 없이도 세상은 잘 돌아가는구나. 쉼터에서 내가 죽는다 해도
세상은 아무렇지 않게 한 점 오차도 없이 잘 돌아가겠지? 우린
그것도 모르고 겨우내 쉼터 방구석에만 처박혀 있었으니.

버스는 사람을 싣고 달리고 택시는 줄을 지어 승객을 기다렸
다. 인도까지 진열해 놓은 운동화 가게에서 빠른 비트 음악에

알바 생들이 춤을 추며 고객을 호객했다. 평소보다 40프로 이상 싸게 판다는 마이크 소리. 피에로 같은 얼굴 분장에 기묘한 옷을 입고 코끝이 빨갛게 언 채 호객행위를 하는 알바들. 그 옆 술집 앞에는 공기가 빵빵하게 들어찬 에어 맨이 사지를 꺾었다 접으며 춤을 추고 있었다. 사람들이 건널목 신호에 따라 우르르 몰려가고 우르르 몰려왔다. 날씨가 추운데도 보란 듯이 짧은 핫팬츠에 가슴을 터지게 조여 매고 길을 가는 여자들. 귀를 찢는 마이크 소리, 인도까지 점령한 상품들. 끝없이 오가는 인파에 우린 이미 흥분해 있었다. 와우 와우 리버리! 조오가 농구선수처럼 껑충 뛰어오르며 소리치자 길 가던 사람들이 모두 우릴 쳐다보았다. 나는 창피해 얼굴이 화끈 달아올랐다.

"야, 조오. 근데 리벌리가 뭐야?"

"리벌리? 자유! 너 리벌리 몰라? 리벌리가 자유 아냐? 오, 오우, 자유!"

조오가 다시 공중으로 뛰어오르며 소리쳤다.

"그래? 아닌 것 같은데."

내가 자신 없는 목소리로 말하자 조오가 그럼 뭐냐고 했다. 난 아무리 생각해도 자유에 해당하는 영어 단어가 떠오르지 않왔다.

　우리 앞에 꽉 조인 옷에 진한 화장품 냄새를 풍기며 여자 셋이 가고 있었다. 바람에 긴 머리를 흩날리는 그들의 엉덩이가 하나같이 씰룩거렸다.

　"아, 진짜 빠구리 한번 틀고 싶다."

　조오가 손으로 사타구니를 문지르며 히죽거렸다.

　"넌 하고 싶지 않냐? 올 겨울 한 탕도 못 뛰었는데. 아, 진짜 똘똘이한테 미안하다."

　조오 말에 앞서 가던 여자가 뒤를 홱 돌아보았다.

　"어우, 저런 건 그냥 한입에 쫙 빨아 먹어야 하는데."

　이상한 낌새를 눈치 챈 여자가 걸음을 재게 놀려 달아났다.

　"너 그냥 들어갈 거야? 어디 가서 눈요기나 하고 가자."

　조오가 야우리 멜티플렉스에 가자고 했다. 야우리 멜티플렉스는 은하계 백화점 6층에 있는 복합 영화 상영관이었다.

　"거기 가면 노는 애들 많아."

　조오가 새끼손가락을 까딱거렸다.

　"아, 잠깐."

　조오가 내 어깨에 팔을 걸쳤다.

"우리 여기 잠깐 갔다 가자."

조오가 어깨에 걸친 팔에 힘을 주어 방향을 틀었다. 우린 터미널 흡연실로 갔다. 남자 서넛, 여자 둘이 열심히 담배를 피우고 있었다. 나와 조오도 담배에 불을 붙였다. 찬 공기와 함께 빨려든 담배 연기가 가슴 깊이 밀려들었다. 잠시 어지럼증이 몰려왔다. 하늘은 구름 한 점 없이 푸르고, 날씨가 추어서인지 담배를 피워 대는 사람들 얼굴이 하얗게 얼어 있었다. 담배를 피우면서 조오가 재떨이에 있는 꽁초들을 주워 모았다. 꽁초 중에는 새끼손가락보다 긴 것들도 많았다. 비벼 끄지 않고 꾹 눌러 끈 것들이 대부분이어서 주어다 피워도 좋을 것들이었다.

우린 백화점 안으로 들어갔다. 휘황찬란한 내부. 바닥이 넘어질 듯 반질거려 나는 일부러 스케이트 타듯 두세 걸음 미끄러져 보았다. 커다란 건물 층층마다 사람들이 가득하고 처음 보는 상품들이 가득 진열되어 있었다. 우린 한 층 한 층 걸어 올라갔다. 따뜻한 물에 몸을 담궜을 때와 같은 안락함이 백화점 공기에 묻어 나왔다. 부드러움과 여유 품위 있는 태도로 진열되어 있는 상품을 고르는 사람들이 부러웠다. 그들은 아마도 자기들이 고른 상품이 마음에 들면 그것이 아무리 고가일망정 망설임 없이 카드로 계산할 것이었다. 나도 그들처럼 돈이 많았으면 싶었다. 돈을 많이 벌어 이런 고급 백화점에 사랑하는 사람과 같이 나와 쇼핑을 하고 외식을 하고, 그리고 주차시켜 놓은 외제차를 타고 귀가하고 싶었다.

야우리에는 6개의 영화관이 있었다. 3개 영화관에서 같은 영화를 나머지 3개 영화관에서 각기 다른 영화를 상영했다. 부채꼴 형태로 펼쳐져 있는 영화관. 중앙에 매표소와 스낵 코너 소파 따위가 놓여 있었다. 소파를 점령하고 있는 일군의 여학생들. 한눈에 보아도 불량기가 넘치는 아이들이었다.

"오빠. 우리 표도 하나 끊어 줘."

매표소 앞에서 상영시간을 확인하는 우리에게 여학생 하나가 붙으며 말했다. 그들은 말 한 마디에 까르르 웃음을 쏟아냈다. 슬쩍 보니 중학생 정도로 보이는, 염색 머리에 화장이 짙은 아이들이었다.

"니들 중딩이지?"

조오가 여학생 무리에 섞여 들며 말했다.

"오빠. 그걸 왜 따져. 우리 맛있는 것 좀 사 주라."

한 아이가 교태를 부리며 하는 말에,

"좋아. 너한테만 핫바 하나 사 준다."

조오가 말했다. 여학생이 오~ 예, 외치며 조오 팔에 매달렸다. 조오가 옆에 있는 스넥 코너에서 핫바 세 개를 사 나와 여학생에게 주었다. 옆에 있던 다른 아이들이 우― 야유했다. 나는 그들을 보며 마음이 착잡했다. 지수를 비롯해 내가 아는 아이들이 생각나서였다. 조오는 그 아이들과 언죽번죽 말을 주고받았다.

"니들 오늘 잘 데는 있냐?"

조오 말에 여학생들 대답이 다 달랐다. 누구는 집에 간다고 했고 누구는 잘 데 없다고 했다. 나는 조오 수작을 뒤에서 지켜보며 조오의 능란함에 감탄했다. 시간과 돈만 있으면 아마도 조오는 만난 지 한 시간도 안 되는 그 아이들 가운데 하나와 오늘 밤 같이 잘 수도 있겠다는 생각이 들었다.

"너 돈은 어디서 났어?"

아이들과 헤어져 쉼터로 돌아오며 내가 물었다.

"왜? 너 돈 없어? 내가 빌려 줘?"

"아니. 그게 아니라 우리 용돈이 일주일에 5천 원이잖아?"

나는 여학생에게 거침없이 핫바를 사 준 것이 궁금했다.

"애들이 조금씩 갖다 주잖아. 매주마다 담배하고 돈하고."

"애들? 누구?"

"쉼터 애들."

조오 말은 쉼터에 있는 록키나 크리스 에기 등이 용돈을 받을 때마다 얼마씩, 그리고 담배 몇 개비씩 상납을 한다는 것이었다. 나는 알란 말을 통해 짐작은 하고 있었지만 조오 입을 통해 그 사실을 확인하기는 처음이었다. 나는 이 일을 알란이 알았으면 어땠을까 상상해 보았다. 아마도 알란은 조오를 경멸하며 화를 냈을 것이다.

6

우리들 일과는 정해진 프로그램이 없었다. 그때그때마다 편의적으로 운영되었는데, 그러다 보니 무엇을 하는 시간보다 아무 것도 하지 않고 노는 시간이 더 많았다. 논다? 사실 정확하게 말하면 논다기보다는 빈둥거린다는 표현이 더 맞을 것이다. 우리는 논다는 게 무엇인지 잘 몰랐다. 우리가 아는 논다는 것은 같은 아이들끼리 모여 불량스런 짓을 하며 시간을 보낸다는 것이다. 그러나 이곳 쉼터에서 우리는 밖에서처럼 그렇게 불량하게 생활하지 않았다. 할 일이 없어 빈둥거릴 뿐, 그러니 논다는 말은 적절한 표현이 아닐 것이다.

빈둥거림. 빈둥거림은 지루했다. 우리는 시간이 지루하게 흘러감을 느낄 수 있었고 시간의 감옥에 갇힌 것 같았다. 아침을 먹고 하는 일 없이 빈둥대다 보면 점심때가 되었다. 점심을 먹고 또 하는 일 없이 빈둥대다 보면 저녁이 되어 날이 어두워졌다. 그 사이 우린 좀이 쑤셔 몸을 마구 비틀었다. 티비가 있었지만 티비 앞에 목을 빼고 앉아 있기도 지겨웠다. 빈둥거림은 단조롭고 지루했고 심심했다. 외부 손님이 방문하는 날은 덜했지만, 그마저 없는 날은 그야말로 지루함의 감옥이었다. 쉼터 현관문이 단 한 번도 열리지 않고 하루 종일 밀폐된 공간에 수족관 속 물고기처럼 숨이나 쉬면서 갇혀 있다고 상상해 보라. 주방 아줌마가 해 주는 밥이나 먹으며 이 방 저 방 어슬렁거리기나 할 때의 심심함을 상상해 보라.

그런 하루하루 생활 중 변함없이 이어지는 일 하나는 그래도 티비 앞에 모여 티비를 본다는 것이다. 쉼터에 티비마저 없다면? 그건 상상도 못할 일이다. 각 가정에 티비가 없다면? 식당에 티비가 없다면? 대합실에 티비가 없다면? 군인들이 생활하는 내무반에 티비가 없다면? 하지만 우린 얼마 전 벌로 10일 간 티비 시청이 금지된 적이 있었다. 우린 그때 티비를 보지 않고도 하루 시간을 잘 견뎠다. 지금 생각하면 꿈같은 일이었다. 그때 있었던 일이 지금은 까마득한 과거로 기억에 남아 있지만, 다른 어떤 일보다 그 일은 우리에게 고요를 체험하게 한 강렬한 인상으로 남아 있었다.

그날도 아침을 먹고 역시 빈둥대고 있었다. 록키가 얼굴을 붉히며 크리스 방으로 성큼성큼 걸어갔다. 씩씩거리는 그의 얼굴이 붉게 달아올랐다.

"너 지금 내 돈 가져갔지?"

록키 목소리가 비명에 가깝게 울렸다.

"무슨 돈?"

크리스의 격앙된 목소리가 울렸다. 티비 앞에 모여 있던 아이들이 우르르 크리스 방으로 몰려갔다.

"너 지금 내 방 책상에 있던 돈 가져갔잖아."

"무슨 소리야. 내가 왜 네 돈을 가져가."

"니가 지금 왔다 가고 나서 돈이 없어졌단 말야."

"그게 나하고 무슨 상관이야. 아, 진짜."

크리스 말에 록키가 전에도 자기 담배를 훔치지 않았느냐며 크리스를 몰아세웠다. 그때까지 의자에 앉아 있던 크리스가 벌떡 일어나 록키와 맞섰다. 크리스 얼굴이 험하게 일그러졌다.

"넌 내 담배 안 훔쳐 갔어?"

"안 훔쳤다."

"아, 진짜 열 받네. 며칠 전에도 내 옷에서 훔쳐 갔잖아?"

"내가 왜 네 것을 훔쳐. 나도 있는데."

"그래? 그럼 돈은?"

"정말 안 훔쳤다니까."

"너 진짜 안 훔쳤지? 바지 주머니 한 번 뒤집어 봐."

록키가 크리스 츄리닝 바지 주머니를 가리키며 말했다.

"내가 왜 주머니를 뒤집어?"

"야, 이 도둑놈아. 안 훔쳤으면 어디 한 번 뒤집어 보라고."

"뭐, 도둑놈?"

크리스가 말을 마치기도 전에 록키에게 주먹을 휘둘렀다. 딱!
마른 나뭇가지 부러지는 소리가 나면서 크리스 주먹이 록키 턱
에 정통으로 꽂혔다. 순식간에 좁은 방이 아수라장이 되었다.
크리스 주먹에 상체가 뒤로 젖혀져 머리를 벽에 찧은 록키가 곧
바로 반격에 나섰다. 그러나 이미 크리스가 자세를 낮춰 록키
허리를 잡고 들어올려 크리스를 방바닥에 메다꽂으려 했다. 록
키는 들리지 않으려고 안간힘을 썼고 크리스는 록키를 들려
고 모질음을 썼다. 둘이 그렇게 팽팽히 맞붙어 있는 순간, 크리
스가 외마디 비명을 지르며 그 자리에 주저앉았다.

"악! 칼! 등… 등에!"

크리스가 한 팔로 등을 잡은 채 무릎을 꿇고 소리쳤다. 활처
럼 휘어진 크리스 등에 카터 칼날이 부러진 채 꽂혀 있었다.

"원장님. 크리스가 칼에 찔렸어요."

에기가 이 층으로 뛰어올라가며 소리쳤다. 크리스는 머리를 방바닥에 처박은 채 부들부들 몸을 떨었다. 록키는 흐르는 코피를 손으로 문지르며 시근덕거렸다. 얼마 후 사무장이 달려 내려왔다.

"뭐야. 왜 그래?"

사무장이 크리스와 록키를 번갈아 바라보다 크리스 등에 꽂힌 칼날을 보고 흠칫 놀라 물러섰다. 사무장이 달려들어 칼날을 뽑았다. 순간 크리스 윗옷이 붉게 피에 물들었다.

"야, 조오. 빨리 크리스 업고 따라와. 병원 가게."

사무장이 외치며 휴지를 풀어 크리스 상처에 대고 압박했다.

"록키, 넌 임마 여기 꽉 누르고 쫓아 와. 꽉 눌러야 돼. 지혈해야 하니까."

사무장이 앞장서고 조오가 크리스를 업고 뒤따랐다.

크리스가 병원에 실려 간 후 우린 방금 전 일어난 일이 실제 일인가 싶어 어안이 벙벙했다. 쉼터는 태풍이 휩쓸고 간 지역 같았다. 크리스 방은 난투극으로 엉망이 되었고 벽과 방바닥에 붉은 피가 묻어 있었다.

"어떻게 된 거야?"

알란이 나에게 물었다.

"나도 잘 몰라. 너무 순식간에 일어난 일이라."

"돈 담배로 옥신각신하더니, 언제 칼에 찔렸지?"

"둘이 뒤엉켜 있을 때 록키가 크리스 책상에 있는 칼로 등을 찍은 것 같아. 그러니까 들어가다 말고 날이 부러졌지."

나는 그렇게 말하고도 내가 한 말을 믿을 수 없었다. 분명 나도 옆에 있었는데 순식간에 일이 일어나 어떻게 됐는지 알 수 없었다.

쉼터에 있으면서 가장 고질적인 문제가 원생끼리 끝도 없이 물건을 훔치는 거였다. 원생들에게 개인 사물이란 거의 없었다. 쉼터에 들어올 때 입고 있던 옷, 신발, 휴대폰, 그리고 약간의 소지품. 휴대폰은 처음 입소할 때 사무실에 맡겨 아예 갖고 있지 않았으며, 그러다 보니 일주일마다 지급되는 용돈 5천 원과 그 돈으로 사는 담배가 유일한 절도 품목이었다.

푼돈과 담배, 과자나 사탕 같은 군것질거리. 그 사소한 것들이 때에 따라 우리들 관계를 시시각각 달라지게 했다. 사이의 좋고 나쁨이 그것들을 주고받음에 의해 결정되었다. 조오는 그것으로 다른 원생들 상납을 받으며 쉼터를 지배했고, 그 결과 알란을 제외한 그들만의 리그가 쉼터 안에 형성되어 작동되고 있었다.

원장님이 쉼터를 운영하면서 두 가지 일을 애써 실천하려다 하나는 성공하고 하나는 실패했다고 했다. 성공한 것은 욕 하면 벌금을 물게 하여 욕을 하지 못 하도록 한 일이고, 실패한 일은 바로 남의 물건에 손대는 일이라고 했다. 그만큼 도벽은 쉼터 내 규칙이 있었음에도 끝내 고치지 못했다고 했다.

나는 크리스 방을 정리한 후 알란 에기와 함께 티비 앞에 앉았다. 티비 화면에 전주 한옥마을에서 길거리 음식으로 바게트를 만드는 먹방이 비쳐졌다.

"원장님 안 계시니?"

내가 에기에게 묻자,

"어. 문이 닫혔던데."

에기가 돌아보며 말했다.

"어떤 벌이 떨어질까? 전에 너하고 조오하고 싸웠을 땐 10일간 티비 시청 금지였잖아. 니네 둘은 10일 일찍 퇴소 조치했고."

"아, 나는 티비만 보게 해 줬으면 좋겠다."

에기가 말하며 크게 하품했다.

"이번엔 더 큰 벌이 떨어지겠지? 사람을 흉기로 찔렀잖아. 경찰 조사에 따라 즉시 퇴소 조치할지도 모르지."

알란 말에 나와 애기가 동의했다.

"근데 왜 도벽은 안 없어지지?"

내 말에,

"그건 절대 안 없어져."

알란 목소리가 단호했다.

"여기 애들이 다른 사람 물건 훔치는 건 사실 그 물건이 꼭 필요해서가 아니야. 심리적으로 불안하고 스트레스를 받다 보니까 자꾸 남의 물건에 손을 대는 거지. 원래 도벽이 그렇잖아? 돈 많은 부자가 슈퍼나 편의점 같은 데서 물건을 훔치다 걸리는 경우가 있잖아. 그 사람들이 가난해서 그걸 훔치는 게 아니거든. 훔치는 행위, 훔치고 나서 들키지 않았을 때의 쾌감, 그래서 훔치고 나면 마음이 든든하고 기분이 좋아지지. 반대로 아무 것도 안 하고 있으면 불안하고 초조하니까."

알란 말에 나는 속으로 감탄했다. 알란은 마치 그 방면에 전문가라도 되듯 확신에 찬 목소리로 말했다. 그가 덧붙였다.

"도벽도 일종의 공격 행위야. 난 그렇다고 봐. 공격 행위가 누구를 주먹으로 때리는 폭행과 같은 것만을 뜻하는 게 아니잖아?
보이지 않게 음해하고 뒷담화 까는 것도 공격 행위지. 주먹으로
때리는 것이 표면상 드러난 공격 행위라면, 뒷담화 같은 건 음
성적으로 드러나지 않은 공격행위지. 도벽도 뒷담화 같이 음
성적인 공격 행위야."

그러면서 알란은 말과 닭을 예로 들어 설명했다.

"비좁은 공간에 갇힌 말은 난폭해져. 가만있지 못하고 옆에
있는 다른 말을 자꾸 물어뜯지. 주인이 다가가면 머리를 휘젓고
투르르 투르르 이를 드러내며 마구 요동쳐. 닭도 그래. 비좁은
닭장에 갇힌 닭들은 스트레스가 높아 옆의 다른 닭을 공격하지.
한쪽 구석에 밀어 놓고 쪼고 할퀴고. 죽을 때까지 그러는 거야.
우리 인간에게도 그런 성향이 있어. 쉼터에 있으면서 마음이 늘
불안한 거지. 밥 먹고 놀고 자고 보호해 주니까 편한 것 같지만
마음은 불안하지. 언제까지 여기 있을 수 없잖아? 길어야 3개월
인데, 그 기간이 지나면 우린 솔직히 어떻게 될지 아무도 몰라.
집에 가도 그렇고 학교에 가도 그렇고 언제 또 가출할지도 모르
고."

알란이 열변을 토하듯 말했다. 평소 말이 없던 알란을 생각

하면 너무나 뜻밖이었다. 나는 알란 말을 들으며 한 가지 이상한 점을 발견했다. 지난번 알바 나갔을 때 조오가 한 말, 인간의 감정과 갑질에 대한 이야기도 그렇지만, 지금 알란이 말하는 도벽에 대한 말은 도저히 우리들과 같은 밑바닥 무개념 아이들 입에서는 나올 수 없는 것들이었다. 그런데 그런 고차원적인 말이 조오와 알란 입에서 나온 것이다.

"근데 알란. 어떻게 그렇게 잘 알아?"

"여기나 다른 데나 마찬가지야."

"다른 데? 다른 데라니?"

"쉼터든 다른 시설이든 똑같다는 말이지."

"다른 시설? 그럼 넌 다른 시설에도 있었어?"

내 말에 알란이 아니라며 머리를 흔들었다.

"자존감 약한 사람이 다른 사람 물건을 훔쳐. 자신을 하찮다고 여기는 사람은 그 심리적 결핍을 물질로 보상하려 하고, 그것이 제대로 이루어지지 않을 경우 다른 사람 물건을 훔쳐서라도 그것을 채우려 하지. 우리 같이 노는 애들은 겉으로는 난폭하고 또 다른 애들을 괴롭혀 힘이 센 것 같지만, 실은 자신에 대한 자존감이 낮은 경우가 많아. 어른들이 비싼 옷이나 고급 자동차를 소유하려는 것도 같은 거지."

에기가 무슨 말인지 이해되지 않는다는 듯 알란을 바라보았다.

점심시간이 되어 우리 셋이 밥을 먹었다. 원장님 어디 가셨냐는 내 말에 아줌마가 모른다고 했다. 원장님이 오시면 어떤 벌을 받을까? 틀림없이 이번에도 그냥 넘어가지 않을 것이다.

병원에 갔던 사람들이 돌아왔다. 실내는 따뜻했지만 그들이 몰고 온 바깥 찬 공기가 쉼터 안에 차갑게 퍼졌다.

"어떻게 됐어요?"

"뼈하고 신경은 건드리지 않아 다행이야. 옆구리 쪽 일곱 바늘 꿰맸다."

내 말에 사무장이 말했다.

크리스는 상처 난 곳을 손으로 짚은 채 절뚝거리며 자기 방에 들어가 나오지 않았다. 록키가 겁에 질린 표정으로 크리스를 바라보았다.

"록키, 너 알아서 해."

조오가 록키 옆으로 다가가 주먹을 흔들며 으르렁거렸다. 조오 말에 록키가 눈물을 글썽였다. 록키는 아직도 자기가 한 행동이 실감나지 않는 듯한 표정이었다. 그는 얼굴이 하얗게 굳은 채 눈만 깜박거리며 거실 한가운데 우두커니 서 있었다. 사무장이 티비를 껐다. 그가 각자 방에 들어가 있으라고 했다. 원장님 오시면 그 때 모두 집합하라고 했다. 나는 평소 둘이 단짝이던 록키가 크리스를 칼로 찌른 것이 정말 이해되지 않았다. 록키와 크리스는 같은 고1, 학년도 같아서 늘 같이 붙어 지내며 키득거렸다. 크리스가 록키 돈을 진짜 훔쳤는지는 아무도 몰랐다. 그리고 훔쳤다고 해도 천 원짜리 한 장일 것이다. 우린 돈이 없으니까. 그런 사소한 일로 시작된 말다툼이 친구를 칼로 찌르는 엄청난 행동으로 폭발한 것이다. 제어할 수 없이 순간적으로 폭발한 분노. 한순간 열 받으면 친구고 뭐고 눈에 뵈는 게 없이 폭발하는 그 공격성이 나뿐만이 아니라 여기 쉼터 아이들에게도 있었다. 감정이 상하면 그것을 다스리지 못하고 시한폭탄처럼 폭발해 버리는 충동. 지난번 알란과 조오가 싸울 때 알란이 후라이팬을 던진 것도 똑같은 일이었다. 그때 만약 알란이 주방에서 칼을 들고 나왔다면? 알란도 어쩌면 조오를 찔렀을지도 몰랐다. 모든 것이 살얼음판을 걷듯 아슬아슬한 이곳 우리들 세계. 자기에게 잘해 주면 그 순간 좋아하고, 그게 아니면 거침없이 가해하는 살벌함이 우리 같은 아이들 사이 늘 사금파리처럼 끼어 있었다.

우린 이번 일로 전과 똑같은 벌을 받았다. 10일 간 티비 시청이 금지되었다. 록키와 크리스는 원장님과 일주일 간 개별면담을 해야 했다. 티비 전원이 꺼지고 쉼터에 다시 적막이 찾아들었다.

쉼터의 일상적 활동 가운데 영화 감상이 있었다. 영화 감상은 학습실에서 했다. 원래 성교육 시간이었는데, 성교육이 지겹다고 하자 강사가 〈그르바비차〉라는 영화를 준비한 것이다. 강사가 화이트보드에 영화 제목을 크게 썼다.

"여러분, 보스니아라는 나라 들어 봤어요?"

강사가 우리 관심을 끌기 위해 물었다.

"유럽에 보스니아라는 나라가 있는데, 그르바비차는 보스니아 수도인 사라예보에 있는 작은 마을 이름이에요."

강사가 활동지를 만지작거렸다.

"그곳에서 1992년 4월부터 1995년 12월에, 그러니까 약 1년 8개월 동안 내전이 일어났어요. 유고 연방으로부터 독립을 원한 이슬람 계와 세르비아계의 충돌로 일어난 내전이에요. 그때 세르비아 계의 인종 청소가 시작되었는데, 대량 학살과 여자들에 대한 집단 강간이 이루어졌어요. 그래서 1995년까지 세르비아 군과 민병대가 이슬람 계 사람들 25만 명을 학살하고 여자들 2만여 명을 집단 강간합니다. 그리고 특히 강간한 여자들을 군 부대에 수용해 낙태를 하지 못하도록 합니다. 이슬람 계 남자들에게 치욕적인 모멸감을 주기 위해서죠. 이 영화는 그 같은 세르비아 계의 만행을 직접 고발한 영화예요. 야스밀라 즈바니치 감독이 만들었으며, 2006년 제56회 베를린 국제영화제 황금곰상을 수상했어요."

강사가 학습실을 한 바퀴 돌며 활동지를 나누어 주었다.

"감독이 여자예요 남자예요?"

에기 물음에,

"여자예요. 34살, 젊죠? 여러분이 이 영화를 감상할 때 세 가지 포인트를 잘 보았으면 해요. 하나는 강간에 의해 원치 않는 아이를 낳아 기르는 여자 주인공의 마음을 잘 헤아려 보세요.

또 하나는 진실이에요. 영화에 '사라'라는 여자 아이가 나오는데, 이 아이는 자기가 내란 중 집단 강간에 의해 태어났다는 사실을 처음엔 모릅니다. 그러다 영화 후반에 가서 그 사실을 알고 절망하는데, 그 후 사라와 엄마와의 관계가 어떻게 될까 하는 점입니다. 그리고 마지막 하나는 생명이에요, 생명. 다시 말해 사라 엄마는 사라가 어렸을 때 강간당해 낳은 사라를 버렸을 수도 있는데 버리지 않고 키웠어요. 활동지에도 그런 내용을 쓰도록 되어 있으니까, 두 시간에 걸쳐 진지하게 감상하도록 해요."

영화는 시작부터 단박에 내 시선을 사로잡았다. 영화에는 에스마라는 중년 여자(엄마)와 12살 난 딸 사라가 나왔다. 사라는 아빠가 없다. 사라 아빠는 보스니아 내전 때 전사한 전쟁 영웅이다. 에스마는 사라를 위해 자신의 모든 것을 희생한다. 사라를 위해 그녀는 시내 한 클럽에서 웨이트리스로 일하며 어렵게 살아간다. 그런 어느 날, 사라는 학교에서 수학여행을 가는데 아버지가 전사자인 경우 수학여행비가 무료라며, 아버지 전사 증명서를 떼어 달라고 한다. 그러나 에스마는 증명서를 떼어주지 못한다. 그러면서 수학여행비 2백 유로를 구하기 위해 친구와 친척에게 손을 내밀지만 쉽게 구하지 못한다. 또 에스마가 일하는 클럽 사장에게 월급을 가불해 보려고도 하지만 그것도 실패한다. 에스마는 가정 경제의 어려움과 철모르고 졸라 대는 사라 때문에 영화가 끝날 때까지 한 번도 얼굴에 웃음을 띠지 않는다. 그녀의 얼굴은 늘 무겁고 어둡다. 이따금 웃음을 보이 기도 하지만 억지 웃음일 뿐이다. 영화 후반부에서 화가 난 사 라가 왜 증명서를 떼어 주지 않느냐며 에스마에게 대들지만, 사 라는 곧 충격적인 사실을 알게 된다. 자기가 내전 중에 군인 수 용소에서 강간당해 태어난 아이라는 것이다. 아버지에 대한 사 라의 환상이 무너지면서, 자기 출생의 비밀을 받아들여야 하는 사라는 방황하기 시작한다. 에스마 친구의 도움으로 겨우 돈을 마련해 사라는 수학여행을 떠나고, 그러한 사라에게 에스마가 어색하게 손을 흔들어 주는 장면으로 영화는 끝난다.

나는 영화가 끝난 후 활동지를 채워 나갔다. 다른 때 같았으 면 낙서나 하며 보냈겠지만 이번은 달랐다. 처음부터 영화가 내 문제를 다룬 것 같아 진지하게 보았고, 그래서인지 묻는 질문에 하나하나 답을 해 나갔다. 가장 인상 깊었던 장면이나 말을 써 보라는 문항이 있었다. 나는 손으로 볼펜을 굴리며 생각에 잠겼다. 가장 인상 깊었던 장면은 떠오르지 않고 말은 생각났다. 사라가 엄마에게 묻는 말, "엄마, 아빠는 어떤 사람이었어?" "나는 아빠를 얼마나 닮았어요?" "왜 엄마는 아빠 얘기를 안 해?" 이 세 마디였다. 나는 이 말을 들을 때 가슴이 날카로운 칼끝에 찔리는 것처럼 뜨끔했다. 머리끝에서 발끝까지 전율이 일어 몸에 소름이 돋았다. 왜 그랬을까?

생각이 여기에 미치자 온몸의 피가 얼어붙는 것 같았다. 문득 노란 현기증이 밀려들어 눈앞이 캄캄했다. 먼 천둥소리 같은 이명 현상이 시작되었다. 나는 개발새발 활동지 답란에 이 말을 쓰며 강사를 바라보았다. 그러면서 생각했다. 강사는 무슨 이유로 우리에게 이 영화를 보여 주었을까? 우연히 고른 영화일까. 아니면 다른 생각이 있어 선정한 영화일까?

조오는 학습실에서 늘 하는 자세인 다리를 하나 책상 밖으로 내놓은 채 덜덜거리며 떨고 있다. 뒤로 상체를 비스듬히 젖힌 그가 볼펜을 입에 물고 담배 피우는 시늉을 했다. 다행이 그는 이 시간에 자기 성기를 주무르지 않았다. 알란은 무슨 일인지 영화가 끝난 후 내내 엎드려 있었다. 영화를 볼 때는 한시도 영화에서 눈길을 떼지 않는데, 영화가 끝나자 계속 책상에 엎드려 있었다.

"활동지 다 썼어요? 그럼 우리 한 가지만 얘기해 보도록 해요."

강사가 학습실 앞으로 나오며 말했다.

"영화를 보기 전 내가 이 영화를 보면서 세 가지 점을 잘 생각해보라고 했죠? 하나는 원치 않는 아기를 낳아 기르는 주인공 에스마의 심정을 잘 헤아려 보라는 것, 다른 하나는 자기 출생의 비밀을 알고 난 후 사라와 에스마의 관계가 어떠할까 하는 것, 그리고 다른 하나는 에스마가 사라를 버렸을 수도 있는데 그러지 않고 지금까지 낳아 길렀다는 것."

강사가 엎드려 있는 알란을 계속 주시했다. 내가 알란 어깨를 손으로 툭 쳤다. 그런데도 알란은 미동도 하지 않고 엎드려 있었다.

"에스마는 군인들에게 강간당한 후 아기를 낳을 때까지 수용소에 감금돼 있어서 어쩔 수 없이 사라를 낳았어요. 여기까지는 그야말로 어쩔 수 없는 일이겠죠. 그런데 전쟁이 끝나고 아직 사라가 어릴 때 사라를 버릴 수도 있었는데, 에스마는 그렇게 하지 않고 사라를 친딸처럼 키웠어요. 이 문제에 대해 우리는 어떻게 보아야 할까요?"

강사가 두 손을 가슴 높이에서 맞잡고 물었다. 우리는 서로 얼굴을 바라본 채 아무 말도 하지 않았다.

"버릴 수도 있었는데 버리지 않고 키웠단 말입니다."

강사가 자신에게 하는 말인 듯 작은 목소리로 말했다.

"불쌍해서 그런 것 아닌가요?"

록키였다.

"불쌍하다?"

"영화를 보면 에스다가 사라를 낳고 처음에는 쳐다보지도 안 잖아요? 그러다 젖을 딱 한 번만 물리자, 그러면서 에스마가 사라에게 젖을 주잖아요? 그때부터 키웠던 것 같은데."

록키가 자기 의견을 끝까지 말했다.

"생명이 귀중해서."

이번엔 조오였다.

"아무리 자기 뜻과 상관없이 밴 아기라지만 그래도 생명이잖 아요. 생명은 버릴 수 있는 물건이 아니잖아요? 그러니까 버리 면 안 되죠."

조오가 얼굴을 붉히며 말했다.

"그럼 조오 학생이라면 절대 버리지 않는다?"

강사 말에,

"네. 전 절대 안 버려요. 요즘 뉴스를 보면 아기를 낳아 버리는 사람들이 많잖아요? 다른 사람 집 문 앞에 놓고 가기도 하고, 아니면 박스에 담아 쓰레기장 같은데 버리기도 하고. 전 그런 사람 진짜 이해 못해요. 그러면 안 되죠. 자기가 낳았으면 책임지고 키워야 하고, 그러지 못하겠으면 낳지 말아야죠."

나는 조오와 로키 말에 낯이 화끈 달아올랐다. 몸이 불에 닿은 듯 움찔거렸다. 나는 학습실을 뛰쳐나가고 싶었다. 그러나 내 몸은 이미 굳어 꼼짝할 수 없었다. 나는 이야기가 진행되는 동안 심장이 밖으로 튀어나올 정도로 뛰었다. 창피해서? 그렇다. 창피했지만 그것만은 아니었다. 양심에 찔려서? 그렇다. 무언가 양심에 찔리긴 했지만 역시 그것만도 또 아니었다. 그것은 알 수 없이 나를 압박해 오는 두려움이었다. 이곳에 이렇게 숨어서 뻔뻔하게 지내고 있다는 것에 대한 두려움. 영화에서 사라가 엄마인 에스더에게 한 말, 왜 엄마는 아빠 얘기를 안 해?, 이 말이 내 머릿속을 계속 맴돌았다.

영화 감상이 끝나고 아이들이 하나둘 학습실을 빠져 나갔다.

조오 록키 크리스는 흡연실에서 담배를 피웠다. 그들이 떠드는 소리가 학습실에 들렸다. 그들은 미혼모 미혼부에 대해 이야기했다. 학교 화장실에서 아기를 낳았다는 이야기, 체육시간에 운동장을 돌다 쓰러져 아기를 낳았다는 이야기 등을 키득거리며 했다. 나는 깊이 숨을 내쉰 후 지금까지 꼼짝도 하지 않고 책상에 엎드려 있는 알란을 바라보았다. 학습실은 고요했다. 투명한 유리창으로 햇빛이 스며들어 책상 위 네모난 빛 무늬를 그렸다. 담배를 피운 아이들이 거실로 돌아가자 학습실 주위는 더욱 조용했다.

"알란, 가자."

내가 일어나 알란 어깨를 흔들었다. 알란이 꼼짝도 하지 않았다.

"알란. 가자니까."

내가 알란 겨드랑이에 팔을 넣어 알란을 일으켰다. 그런데 이게 웬일인가. 알란은 울고 있었다. 그의 눈이 눈물에 흥건히 젖어 있었다.

"왜 울어. 무슨 일 있어?"

내가 깜짝 놀라 물었다. 알란이 아무 일도 아니라며 비척비척 일어섰다. 나는 알란을 부축했다. 알란과 함께 학습실을 나왔다. 왜 그러느냐, 무슨 일 있냐고 물어도 알란은 아무 일도 아니라며 고개를 저었다. 나는 알란과 함께 흡연실에 갔다. 알란에게 담배를 하나 건넸다. 나와 알란이 내뱉은 연기가 푸른 소용돌이를 일으키며 공중으로 퍼져나갔다.

7

왜 알란은 영화를 보고 울었을까? 그가 언제부터 울기 시작했는지 나는 잘 모른다. 언제부턴가 그는 쥐 죽은 듯이 엎드려 있었고, 그리고 울었다. 왜 그랬지? 나는 영화를 보면서 내 가슴을 뒤흔드는 장면이나 대사가 나올 때마다 사람들 눈치를 보며 뜨끔거리는 가슴을 애써 진정했다. 알란처럼 울지는 않았다. 알란은 그 후 영화가 끝난 후에도 영화에 대해 한 마디도 하지 않았다. 창백한 낯빛에 여전히 말이 없었다. 그는 식탁에서든 자기 방에서든 고무 인형을 손에 놓지 않았다. 그는 이야기할 때도 안고 있는 고무 인형을 무의식적으로 쓰다듬었다. 알 수 없는 일이었다. 평소 그의 성격으로 보아 영화를 보면서 울 그가 아니었다. 아무리 영화가 슬프고 눈물을 쥐어짠다고 해도 씽긋도 하지 않을 그였다. 그만큼 평소 그의 감정은 차가웠으며 웬만한 일에 흔들리지 않았다. 더구나 이번에 본 영화는 최루성 영화도 아니지 않은가. 오히려 그 반대였다. 에스마가 사라와 힘들게 생활하면서 눈물을 보인 것은 단 두 번뿐이었다. 그야말로 눈물을 억제함으로써 이 영화의 진실함이 더 돋보였다. 그런데 그런 영화를 보고 그가 울다니.

우리의 일상활동 중 영화 감상만큼이나 아이들이 좋아하는 프로그램이 하나 더 있었다. 상담이나 무슨 검사는 쉼터에서 의무적으로 하는 것이라 하긴 했지만 그다지 좋아하지는 않았다. 그러나 이 시간은 달랐다. 『살자토끼』라는 책을 갖고 하는 활동인데, 우리같이 좀 엉망으로 흩어져 있는 아이들이 지루해하지 않고 흥미롭게 할 수 있는 내용이었다.

엄밀히 말하면 미술활동을 통한 심리치료에 가깝다고도 볼 수 있겠지만, 그렇다고 심리치료는 아니었다. 치료는 상처를 낫게 하는 것인데 이것은 그보다는 상처를 잊고 자기 자신을 표현한다고 할까? 나를 표현하고 나누고 공감하는 그런 시간이었다.

살자토끼 시간 강사는 오십 넘은 여자였다. 키가 후리후리하게 컸고, 웃으면 위 잇몸이 활짝 드러나 얼굴이 절반 정도 벌어지는 듯했다. 그녀는 학교 체육 교사라고 했다. 원래 무용을 전공했는데, 『살자토끼』라는 책을 가지고 일주일에 한 번 우리가 있는 쉼터에 자원봉사하러 오고 있었다.

강사가 준비한 활동지를 나누어 주며 말했다.

"어떻게 하는지 알죠? 그동안 여러 번 해 봤으니까. 왼쪽 그림을 보고 오른쪽 칸에 여러분이 하고 싶은 대로 하면 돼요. 어떤 색을 칠하든, 어떤 말을 쓰든, 아니면 아예 그림을 다시 그리든 여러분 자유예요. 마음껏 하고 싶은 대로 해 보세요. 그리고 나서 자기가 한 것을 친구들에게 보여 주고 발표도 하는 겁니다."

강사가 아이들 책상 위에 활동지를 하나하나 놓아 주었다. 내가 받은 활동지는 제목이 〈복잡토끼 – 단순토끼〉였다.

A4 한 장에 왼쪽엔 원화가 그려져 있고 오른쪽엔 원화를 복사한 그림이 있었다. 나는 원화 그림을 뚫어져라 바라보았다. 특히 〈복잡토끼〉 그림을 오래도록 바라보았다. 지금 내 모습이 꼭 복잡토끼 같았다. 세상 모든 근심걱정을 떠안고 있는 〈복잡토끼〉. 아, 나는 언제 오른쪽 토끼처럼 〈단순토끼〉가 되나. 아무 걱정 없이 자연 속에서 하루하루를 즐겁게 살 수 있다면.

"선생님. 근데 조오 형 것하고 에기 것하고 똑같아요."

크리스가 뒤를 돌아보며 말했다.

"똑같을 수도 있어요. 그래도 괜찮아요. 같은 그림이라도 하는 사람이 다르니까. 여러분들에게 똑같은 그림을 나눠 주고 할 수도 있어요. 그래도 하는 사람이 다르니까 결과는 다 다르게 나오겠죠."

강사가 책상 사이를 오가며 아이들이 하는 것을 지켜보았다.

"다 했다, 으 – 후."

조오가 활동지를 받자마자 뭐라고 휘갈겨 쓴 다음 책상에 탁 엎어놓았다.

강사가 조오에게 다가갔다.

"조오 학생 벌써 다했어? 어디 좀 봐."

강사 말에 조오가 절대 안 된다고 했다. 조오는 활동지를 감싸 안은 채 아예 책상에 엎드렸다.

"난 엎드려 잘래요."

"그래 좋아. 자고 싶으면 자. 하지만 이따 발표해야 돼."

강사가 말하며 나에게 다가왔다. 나는 활동지를 바라볼 뿐 아무 것도 하지 않았다.

"선생님. 그 책 어떤 거예요?"

내가 강사가 들고 있는 책을 가리키며 물었다.

"그 책 잠깐 봐도 돼요?"

내 말에 강사가 선뜻 책을 나에게 주었다. 『살자토끼』 책은 1, 2권으로 되어 있었다. 나는 1권을 후루루 넘겨보았다. 각 장마다 그림이 있고, 오른쪽에 독자들이 직접 할 수 있는 칸이 마련되어 있었다. 나는 각 권 표지를 비교해 보았다. 2권 표지 그림은 무슨 뜻인지 금방 알 수 있었다. 토끼 두 마리가 상처 입은 여러 동물을 치료해 주는 그림이었다. 그러나 1권 표지 그림은 선뜻 이해되지 않았다.

"이게 무슨 뜻이에요?"

내가 강사에게 물었다. 강사가 책을 가져다 표지 그림이 들어

있는 쪽을 펴서 나에게 주었다. 표지와 다르게 말풍선 안에 '약
함과 성처투성이인 내 자아 이리와,, 안아줄게. 사랑해'라는 말
이 들어 있었다.

"자기 자신을 사랑하라는 말이지."

강사가 책 속 그림을 보며 말했다.

"세상에 완전한 사람은 없잖아? 다 상처가 있고 결함이 있고
부족한 면이 있는데 그렇다 하더라도 그런 자기 자신을 사랑하
라는 거지."

"선생님은 자신을 사랑해요?"

내 말에 강사가 웃음을 빵 터뜨렸다. 강사 입이 함박 만하게 벌어졌다. 그 바람에 아이들이 모두 나와 강사를 바라보았다. 엎드려 있던 조오가 부스스 일어나 얼굴을 찡그린 채 크게 하품했다.

"나? 글쎄? 사랑한다고 해야겠지?"

그러면서 강사가 나는 나를 사랑하냐고 물었다.

"아뇨. 사랑하지 않아요. 저는 사랑할 가치가 없는 놈이에요."

내 말에 강사가 다소 놀란 듯했다.

"선생님은 세상에서 가장 소중한 게 뭐라고 생각하세요?"

내 말에 조오가 엎드린 채로 "돈"이라고 큰 소리로 말했다. 조오 말에 아이들이 키득거렸다.

"난 여자."

록키였다.

"나도 돈."

크리스였다.

"에기 너는?"

내 물음에,

"나도, 음 – , 돈."

에기가 자신 없는 말투로 대답했다. 우린 잠시 활동지 활동을 멈추고 이야기에 빠져들었다. 알란만 우리가 하는 말에 아무 대꾸가 없었다. 나는 알란이 가장 소중히 여기는 것이 무엇일까 궁금했다. 아마도 알란에게 그것을 묻는다면 그는 고무 인형이라고 대답할 것이다.

"내가 소중히 여기는 것은 평화야."

강사 말에 우리 모두 의아해했다.

"예? 평화요? 왜요?"

"평화는 공기 같은 거야. 공기가 있고 없음을 우리는 평소에 의식하지 않잖아? 그렇지만 조금만 공기가 없거나 오염돼도 우린 곧 숨쉬기 어려워. 평화도 그래. 평화로울 때는 평화의 소중함을 잘 모르지. 우리가 인사할 때 '안녕하세요?'라고 하잖아? 그 안녕하세요를 다른 말로 하면 평화로우세요?가 되는 거야."

"에이, 그래도 전쟁이 난 것도 아닌데요?"

록키 말에 강사가 동그란 눈을 깜작거렸다.

"그래. 아주 중요한 말을 지금 록키 학생이 했어요. 우리는 흔히 평화의 반대를 전쟁이라고 생각해. 그래서 전쟁이 없는 상태가 곧 평화라고 생각하지. 그런데 그 말은 평화를 설명할 때 좀 부족한 말이에요. 전쟁의 반대가 평화인 것은 맞지만 그것은 지극히 좁은 의미에서의 평화야. 소극적 평화지. 그보다는 우리가 살아가는 일상 속에서 폭력과 착취와 차별과 멸시가 없는 상태. 그런 상태야말로 넓은 의미에서의 평화이자 적극적 평화지."

강사 말을 귀담아 듣고 있던 알란 눈이 반짝였다.

"그럼 선생님은 평화로우세요?"

에기가 천진한 얼굴로 강사를 올려다보며 물었다.

"나? 나는 늘 평화로우려고 노력하지."

강사가 잇몸을 드러내며 다시 활짝 웃었다.

"어떻게요?"

"음, 학생들에게 버럭 소리 지르고 화내는 일을 줄인다든가, 번호 대신 이름을 불러 주려고 노력한다든가, 아무튼 내가 있는 곳의 분위기가 평화로워지도록 노력해."

강사 말에 우리가 고개를 끄덕였다. 그러고 보니 우리 같은 아이들에게 부족한 것은 바로 평화라는 생각이 들었다.

"여러분도 쉼터에서 욕을 하지 않는다면서요? 그것도 평화를 위해 우리가 할 수 있는 아주 중요한 일이에요."

"그렇게 안 하면 벌금 내잖아요."

"그래도 욕을 안 한다는 건 대단한 일이에요. 벌금이라는 규칙이 있긴 하지만, 그런 것 무시하고 마구 욕을 할 수도 있는데."

강사가 말을 마치며 손뼉을 두 번 짝짝 쳤다. 이제 이야기는 그만하고 활동지에 집중하라고 했다. 나는 활동지에 〈복잡토끼〉를 '파이어 토끼'로 〈단순토끼〉를 '다람쥐 토끼'로 바꿔 그렸다.

이것이 내가 그린 그림이다. 나는 집에 가고 싶은 마음이 손톱만큼도 없는데 왜 내가 집에 가고 싶다고 했는지 모르겠다. 자석이 쇠붙이를 끌어당기듯 집이 나를 끌어당기기 때문일까?

잘 모르겠다. 하지만 언젠가 가긴 가야 할 집이다. 그렇지만 졸립다, 아이스크림 먹고 싶다는 말은 진심이다.

우리는 각자 자기가 한 활동지를 발표했다.

먼저 조오가 했다. 조오는 오른쪽 그림 빈칸에 "사귈래?"라는 말과 "꺼져!"라는 두 마디만 써 놓고 엎드려 잤다.

다음은 알란. 알란은 '대화가 필요해'라는 원본 그림을 '돈이 필요해'로 바꾸고, 식탁에 김치 하나 올려져 있는 그림을 그렸다.

우린 알란 그림을 보고 배를 잡고 웃었다. 그러다 곧 슬퍼졌다. 알란이 자기는 돈을 많이 벌어 원 없이 써 보고 싶다는 말을 해서였다. 평소 말이 없던 알란이 이렇게 구체적으로 자기 생각을 밝히기는 흔치 않은 일이었다. 록키와 크리스, 에기까지 발표를 마쳤을 때 강사가 말했다.

"여러분 지금 한 활동지 그림 어때요?"

우린 너무 쉬워 금방 할 수 있었다고 대답했다.

"맞아요. 내가 여러분에게 하고 싶은 말도 그거예요. 이 책에 나와 있는 그림은 그야말로 누구나 쉽게 그릴 수 있는 그림이에요. 얼핏 보면 잘 못 그린 그림 같은데, 그래서인지 사람들에게 긴장감을 주지 않아요. 너무 잘 그린 그림, 빈틈없고 세련된 그림은 보는 사람을 긴장시켜요. 나도 이 『살자토끼』라는 책을 좋아하는데, 아마도 그림이 보는 사람의 긴장을 풀어 주기 때문인 것 같아요. 개성이란 이런 거예요. 자기만의 독특함. 다른 사람과 차별화 된 특성. 사람에게는 누구나 그런 독특함이 있어요. 여러분들에게도 물론 있어요. 그 개성을 잘 살리는 일이 중요해요."

강사가 우리 활동지를 거둬갔다. 학교에 가 다른 학생들에게 샘플로 보여 주기 위해서라고 했다.

8

시내 외곽에 등대의 집이라는 지체장애인 시설이 있었다. 나는 그곳에 봉사활동을 나갔다. 나는 그곳을 좋아했다. 배산임수랄까? 시설이 들어서 있는 위치가 너무 마음에 들었다. 뒤에는 산 앞에는 물이 가득 고여 있는 저수지. 그 사이 찻길이 나 있지만 산속이라 차량 통행이 뜸했다.

산은 겨울 산. 앙클한 회초리로 남은 겨울 나목들이 눈 쌓인 비탈에 바늘처럼 꽂혀 있었다. 저수지도 얼어 있었다. 멀리서 보면 하얀 비닐을 덮어씌운 것 같았다. 그곳에 겨울을 나기 위해 날아온 철새들이 검은 점으로 점점이 박혀 있었다.

나는 알란과 함께 등대의 집에 갔다. 그곳에는 스무 명가량 지체장애인이 있었다. 나이도 50대 어른부터 열 살 정도 되는 어린아이까지. 겉으로 보면 정상인과 다름이 없는 듯한데 대소변 처리도 못하고 엎드려 밥을 핥아먹는 사람까지 다양했다.

"난 이런 데서 봉사활동 하는 것 싫어."

알란이 혼잣말처럼 중얼거렸다.

"잠깐 할 건데 뭐."

"그래도 싫어. 이런 데 오면 인간은 선천적으로 불평등하다는 생각이 들어. 그래서 싫어."

나는 알란 말에 고개를 끄덕였다. 알란 말은 맞는 말이었다. 사고로 인해 지체장애인이 된 경우도 있지만, 태어날 때부터 장애를 안고 태어나는 사람들도 있다. 그들은 뭔가? 무슨 잘못으로 그렇게 태어나는가? 세상에 그것보다 더 억울할 일은 없을 것 같았다.

사무실에 들어서자 원장이 우릴 반겼다. 원장이 우리 쉼터 원장님 안부를 물었다. 등대의 집 원장과 우리 쉼터 원장님은 서로 친구라고 했다. 원장이 우리에게 소파에 앉으라고 했다. 소파와 탁자 그 외 원장실 가구는 모두 낡았다. 사람들이 버린 물건을 가져다 재활용하여 썼다. 원장이 음료수 두 잔을 가져왔다. 날이 추우니 밖에서 하는 활동은 어렵고 안에서 청소나 하라고 했다. 원장 사무실과 장애인들이 거주하는 건물은 떨어져 있었다.

나는 알란과 함께 청소 용구를 가지고 아래 건물로 내려갔다. 겨울 햇빛이 출입구에 비쳐 문이 따뜻했다. 장애인 서너 명이 나와 있다 우릴 보고 아는 체 했다. 그들은 우리에게 담배 있느냐고 했다. 내가 주머니에서 담배를 꺼내 몇 개비 주었다. 담배를 받은 그들이 서로 가지려고 소란을 피웠다. 전에도 봉사활동을 왔었지만 처음 보는 사람들이었다. 두꺼운 파커를 입은 사람도 있고 허름한 츄리닝만 걸친 사람도 있었다. 그러나 그래도 이렇게 밖에 나와 활동할 수 있는 사람들은 괜찮은 편이라는 생각이 들었다. 자기 몸을 마음대로 움직일 수 있다는 게 얼마나 다행한 일인가. 전에 원장이 그런 사람은 알콜 중독자이거나 무연고자로 갈 데 없어 시설에 있는 사람들이라고 했다.

　문을 열고 들어서자 긴 복도에 장애인 두 명이 있었다. 그들은 우리를 보고 고개를 쳐들어 반가워했다. 바닥에 엎드려 있기 때문에 위를 보려면 억지로 고개를 들어야 했다. 그들이 우리에게 뭐라고 했으나 알아들을 수 없었다. 아마도 안녕하세요, 인사하는 것 같았다. 그들은 침이 턱에까지 흘러 입 주변이 헐어 있었다. 나는 그들이 무서워 복도 벽 쪽으로 붙어 걸었다. 그러나 알란은 나와는 전혀 다르게 오히려 안녕, 인사하며 그들의 머리를 손으로 쓸어 주었다. 알란 손길에 장애인들이 너무 좋아했다. 나는 그러한 알란이 이상하게 생각되었다. 냉정하고 좀처럼 자기 자신을 표현하지 않는 그인데 이따금 전혀 뜻밖의 말과 행동을 해서였다.

우린 남자 장애인 방을 청소했다. 여자 장애인 방은 다른 봉사자들이 한다고 했다. 방에서 환기를 시키지 않아 퀴퀴한 냄새가 났다. 군데군데 찢긴 벽지는 누렇게 색이 변했고 방에 티비도 없었다. 거동이 불편한 서너 명 장애인이 방에 앉아 무료하게 시간을 보내고 있었다. 우린 문을 활짝 열고 방을 쓸었다. 밖에서 들어온 찬바람이 무겁게 가라앉은 방 공기를 단박에 쇄신시켰다. 방을 쓸고 복도를 쓸고 작은 강당을 청소하고. 강당은 장애인들이 모여 예배를 볼 수 있도록 교회처럼 꾸며져 있었다.

청소를 마친 후 우린 그곳에서 점심을 먹었다. 점심은 식당에서 먹었는데, 나는 거동할 수 없는 장애인들은 어떻게 하나 걱정이 되었다. 그런데 알고 보니 전혀 걱정할 일이 아니었다. 식사 문제뿐만 아니라 다른 여러 문제를 그들은 그들의 힘으로 해결하고 있었다. 다시 말해 형편이 좀 나은 사람이 그렇지 못한 사람을 돌보는 식이었다. 식사 때도 아예 움직이지 못하는 장애인에게 걸을 수 있는 장애인이 식판에 밥과 반찬을 담아 가져다주었다. 그뿐만이 아니었다. 팔이 없어 밥을 먹을 수 없는 장애인에게는 손수 밥을 떠 입에 넣어 주기도 했다. 그들은 몸이 성하다고 해서 절대 자기가 먼저 밥을 먹지 않았다. 숟가락질을 못하거나 걷지 못해 식당에 가지 못하는 장애인에게 밥을 먼저 먹인 다음 자기 밥을 먹었다. 나는 그런 사람들을 보고 깊은 감동을 받았다. 우리가 있는 쉼터에서는 있을 수 없는 일이었다. 그러고 보니 두 팔 두 다리가 멀쩡한 우리가 부끄러웠다. 평생 자기 이익만을 채우기 위해 몸을 움직이는 정상인이라는 사람들이 한심하게 느껴졌다.

우린 등대의 집에서 나와 시내까지 걸었다. 겨울이었지만 2월 날씨는 햇살을 머금어 따스하게 느껴졌다. 등대의 집에서 시내까지는 두 시간이면 충분히 갈 수 있는 거리였다. 우린 저수지를 끼고 걸었다. 길은 이미 얼어 있었다. 햇볕이 잘 드는 몇 군데만 눈이 녹아 바닥에 검은 흙이 드러나 있을 뿐, 다른 곳은 모두 쌓인 눈이 얼어붙어 빙판을 이루었다. 저수지는 생각보다 컸다. 저수지 가로 난 길을 걷는다면 아마도 두 시간 이상 걸릴 거리였다. 산 그림자가 내려앉는 곳부터 햇살이 닿은 곳까지 저수지는 얼어 있었다. 얼음 위에 새들이 까만 점으로 점점이 떠 있다. 청둥오리 흑두루미 같은 겨울 철새들이었다.

"저 거대한 얼음 뚜껑을 열 수 있는 손은 어떤 손일까?"

말없이 걷던 알란이 멀리 저수지를 바라보며 말했다.

"그게 무슨 말? 얼음 뚜껑이라니?"

내가 의아해하자,

"저수지에 얼어붙은 얼음 말이야."

알란이 말하며 나를 바라보았다.

"아하, 난 또 뭐라구. 그야 봄이 되어 얼음이 녹아야지."

말뜻을 알아차린 내가 크게 웃었다.

"자연이란 신비한 거야. 난 어려서부터 자연과 접해 보질 못했어. 그러니까 내 감수성은 도시적이지. 지금도 저수지 철새들 보면 가장 먼저 생각나는 게 조류독감이라니까."

알란이 발부리에 걸린 얼음덩이를 발로 툭 찼다.

"평대 넌 시골에서 자랐지?"

"응. 어떻게 알았어?"

"느낌이 그래. 시골에서 자란 아이들은 뭔가 좀 달라."

"그래? 어떻게 다른데?"

"뭐랄까. 좀 순박하다고 할까? 도시에서 자란 아이들처럼 끝까지 악랄하지 않다고 할까? 어느 순간 그런 면이 나타나. 도시 물만 먹고 자란 애들은 약삭빠르고 치사하고 정말 끝까지 악랄하게 굴거든. 근데 넌 그렇지 않은 것 같아."

나는 알란에게 어려서 시골에서 살다 초등학교 때 서울로 전학 왔다고 말해 주었다. 그러면서 마음이 무거워졌다. 시골에 계신 부모님 때문이었다. 내가 쉼터에 있다는 사실을 알게 된다면, 하는 생각에서였다. 아무 말 없이 한숨을 깊이 내쉬자 알란이 말했다.

"평대, 너에게 자연은 뭐야?"

알란 물음에 나는 다시 심호흡을 했다. 우리들 발밑에 시든 갈대밭이 펼쳐져 있었다. 갈대와 갈대 사이 참새 떼가 파르릉 날아다녔다. 멀리 저수지 건너 찻길에 봉고차 한 대가 지나가고 있었다. 나는 그 차를 눈으로 쫓으며 나에게 자연은 과연 무엇일까 생각했다. 나는 유년기를 송두리째 자연 속에서 살았다. 한날한시도 자연과 분리되지 않은 삶을 살았다. 산으로 들로 쏘다니며 나무에 오르고 풀숲을 뒤지던 일. 그때 길렀던 새 명교장, 산에 만들었던 우리들 비밀 아지트, 엄마 없이 아버지와 살던 병근이, 바다를 보러 간다고 무작정 집을 나와 길을 잃어버린 일, 그리고 싸움닭 샤모, 닭싸움에 미쳐 돌아다니던 일. 웅변대회, 외운 원고가 생각나지 않아 끝내 눈물을 터뜨렸던 일들이 마치 어제 일인 듯 선명히 떠올랐다.

이제 다시는 돌아갈 수 없는 그곳. 내 안 어딘가에 남아 은은한 빛으로 나를 비춰 주고 있는 어린 시절의 그 세계. 빛이 되어 증발해 버렸을까? 빗물에 씻겨 사라져 버렸을까? 아니면 대지의 품 어딘가에 녹아 스며들었을까. 아무리 가고 싶고 그리워해도 이제 다시는 돌아갈 수 없다는 삶의 격절성에 나는 잠시나마 몸이 부르르 떨렸다.

"나에게 자연은 제2의 부모야."

"제2의 부모? 어떤 의미에서?"

"나를 낳아 길러 준 게 우리 부모라면, 내가 숨 쉬는 데 필요한 공기, 나를 둘러싸고 있는 따뜻한 햇볕이 나에게는 자연이니까."

"그래. 자연은 직선처럼 날카롭지 않아. 곡선처럼 다 둥글지. 엄마 품처럼 한없이 너그러운 듯하면서도 그러나 자연은 또 어느 순간엔 무자비한 악마로 변하지. 그런 면에서 정말 자연은 역동적이야. 평대 너에게도 그런 면모가 있는 것 같아서 하는 말이야."

알란이 앞에 있는 갈대 줄기를 꺾었다.

"나에게도 그런 면이 있다고?"

"응. 불을 품고 있는 화산 같다고나 할까. 겉으론 조용하지만 내부에 늘 불길이 끓어오르는. 그 불길은 언젠가 솟구치길 기다리며 꿈틀거리지. 그것을 사람들은 정열, 열정이라고 하나 봐. 우리 같이 도시에서 자란 아이들은 겉과 속이 다 차가운데, 자연에서 자란 아이들은 그런 뜨거움이 있어. 땡볕에 달궈진 흙덩이 같이 부드러우면서도 뜨거운 그 무엇이."

나는 알란 말에 크게 소리 내어 웃었다. 나에 대한 알란 말이 그럴 듯하면서도 무슨 말인지 선뜻 가슴에 와 닿지 않았다.

"알란. 너 오늘 평소 너답지 않다. 우선 말이 그렇게 많은 것도 그렇고. 그리고 엄청 유식해 보이는데. 너 나중에 문학해라, 철학을 하든지. 시를 쓰라고. 아까도 얼음 뚜껑? 저수지에 얼어붙은 얼음을 얼음 뚜껑이라고 했잖아. 그거 아무나 할 수 있는 말이 아닌데."

내 말에 알란이 꺾은 갈대 줄기를 손가락으로 돌리며 말했다.

"시는 무슨. 전에 어려서 책은 많이 읽었어. 사춘기가 되면서 주위 환경을 인식하게 되고, 짜증나서 나를 잊으려고 책에 빠져들었지. 그러다 고딩이 되면서 안 읽은 거야. 또 재미도 없더라고. 책보다는 컴에 빠졌지."

그가 눈을 들어 빈 논에 내려앉는 청둥오리를 바라보았다.

"야, 안평대. 그런데 너는 왜 쉼터에서 별칭을 안 써? 너만 본명이잖아?"

알란 말에 나는 잠시 머뭇거렸다. 그러면서 처음 쉼터에 들어올 때가 생각났다. 원장님은 나에게 별칭을 써도 좋고 본명을 써도 좋다고 했다. 쉼터에 오는 원생들 개인정보를 보호하기 위해 별칭 사용도 가능하다고 했다.

"응, 그냥, 별칭이 없었어. 그런데 네 별칭은 무슨 뜻이야?"

"뭐, 알란? 특별한 뜻은 없어. 그냥 알란이지."

알란이 길게 숨을 내쉬었다. 얼어붙은 길에 승용차 한 대가 천천히 다가왔다. 바퀴에 얼음 부서지는 소리가 경쾌했다. 젊은 남녀가 차에 타고 있었다. 드라이브 하는 연인이었다. 다정해 보였다.

"그래도 이렇게 밖에 나오니까 가슴이 확 트인다."

알란이 두 팔을 벌려 크게 기지개를 켰다. 나도 알란을 따라 두 손을 깍지 낀 채 머리 위로 한껏 들어올렸다. 몸의 근육이 일직선으로 펴지면서 뻣뻣했던 몸에 피가 도는 듯했다.

"오늘 내가 말이 많지?"

알란이 말하며 나를 돌아보았다. 창백한 그의 얼굴에 오후 햇살이 환하게 쏟아졌다. 그가 눈을 가늘게 뜨며 씩 웃었다.

"이상하게 오늘 너에게 많은 말을 하고 싶다."

알란이 나도 그런 때가 있냐고 물었다. 누군가에게 자기 마음을 열어 보여 주고 싶을 때가 있냐고 했다. 나는 그렇다고 했다. 그것도 한두 번이 아니라 여러 번이라고 했다. 그가 말없이 고개를 끄덕였다. 내가 만나는 친구들마다 그렇다고 하자 그가 크게 웃었다.

우린 저수지 가 길을 걸어 찻길로 나왔다. 아스팔트길을 따라 시내로 가기 위해서였다. 투명한 햇살 속 눈발이 가볍게 흩날렸다. 비늘눈이었다. 우린 걸음을 재게 놀려 산길을 걸었다. 차가 다닌 흔적이 있는데도 비탈진 응달엔 쌓인 눈이 하얗게 얼어붙어 있었다.

9

시내는 복잡했다. 우린 어느덧 버스 터미널 앞을 지나고 있었
다. 거리는 변함없이 사람들로 넘쳐났다. 상점마다 빠른 음악
과 세일을 외치는 알바 생들의 목소리가 지나가는 사람을 불러
모았다. 온몸이 공기로 가득 채워진 에어 맨이 자유자재로 몸을
꺾으며 춤을 추었다. 길을 가는 인파가 물결지어 보도 위 가득
오르내렸다.

"우리 저녁 먹고 갈까?"

알란이 시계를 보았다.

"늦지 않을까?"

나는 터미널 앞 광장에 있는 시계탑을 보았다. 회색 비둘기
두 마리가 탑 꼭대기에 앉아 있었다. 시간은 다섯 시를 넘어 여
섯 시에 가까워 가고 있었다.

"지금 가면 저녁 먹기 어려워."

쉼터 저녁시간은 여섯 시였다. 알란이 공중전화 부스에 들어
가 전화했다. 사무장이 받았다고 했다. 저녁을 먹고 가겠다고
하자 허락했다고 했다. 우린 근처 중국집에 들어갔다. 출입구

계단부터 주방에서 흘러나오는 음식 냄새로 코가 진동했다. 기름에 양파 볶는 내, 춘장에서 나는 독특한 향내.

우린 짬뽕 두 그릇을 주문했다. 그런데 이게 웬일인가. 알란이 아무 말도 없이 고량주까지 주문했다.

"웬일이야? 술은 안 되잖아?"

내 말에 그가 나를 빤히 올려다보며 씨익 웃었다.

"뭐야. 쉼터에서 들키면 벌금이잖아. 쫓겨날지도 모르고."

"그래도 오늘은 한잔하고 싶은데."

내 말에 아랑곳하지 않고 그가 가져다 놓은 단무지를 집어 먹었다. 주인이 술병과 잔을 가져왔다. 나는 병에 쓰인 술 도수를 확인했다. 56도. 나도 모르게 입 안에 고량주 특유의 술맛이 감돌았다.

"이거 마셔 본 적 있어?"

알란 말에 내가 그렇다고 했다.

"중3 때 많이 마셨어. 전에 내가 살던 동네에 흑곰 형이라고 있었거든. 학교 안 다니는 형인데, 그 형 집이 중국집을 했어. 그때 거기서 많이 마셨지."

"중3? 와우, 조숙했는데?"

"그 후로는 안 마셨어. 주로 소주 마셨지. 알바 끝나면 너도 알잖아? 손님들이 남기고 간 안주로 집에 오기 전 한잔하고 오는 것. 주인도 그 정도는 모르는 척하잖아."

나는 흑곰 형 이야기를 하면서 여러 생각에 빠져들었다. 삼성파에 가입했던 일, 그때 삼성파 조직의 표식으로 어깨에 놓았던 세 개의 담배 빵. 그 후 고등학교 진학, 지수와 계속된 만남, 그러다 고1 겨울방학 때 그녀와 처음 한 섹스.

알란이 내 잔에 술을 따랐다. 맑고 찬 액체가 옴쏙 들어간 잔에 소리 없이 담겼다. 나는 마시기 전 술을 젓가락으로 찍어 먹어 보았다. 혀끝에 번지는 쩌르르한 맛. 고량주에서만 맛볼 수 있는 불 냄새가 입 안 가득 퍼졌다. 순간 부르르 몸서리가 쳐졌다. 그 때 짬뽕이 나왔다. 나와 알란은 앞에 놓인 잔을 단숨에 털어 넣고 누가 먼저라 할 것 없이 국물을 퍼먹었다. 목구멍에서부터 배꼽 밑까지 후끈한 불기운이 일직선으로 뚫고 내려갔다.

"넌 조금 있다 쉼터에서 나가야지?"

내 말에 알란이 10일 정도 남았다고 했다.

"10일? 얼마 안 남았네. 조오는?"

"조오는 좀 더 남았을 걸. 나보다 뒤에 왔으니까."

"알란 너는 쉼터에서 나가면 어디로 가?"

알란이 대답을 하지 않은 채 앞에 놓인 술잔만 묵묵히 바라보았다.

"집으로 가니?"

"난 집이 없어."

알란이 창백한 낯을 들어 나를 바라보았다. 그의 앞 머리칼 몇 가닥이 길게 내려와 이마를 덮고 있었다.

"집이 없어? 집 없는 사람도 있냐? 들어가기 싫은 건 몰라도."

"난 원에 있었어. 난 고아야."

"고아? 고아라고?"

알란이 그렇다며 아랫입술을 꽉 물었다.

"그래서 고아원에 있었던 거야?"

알란의 예기치 못한 말에 내 목소리가 갈라져 나왔다. 알란이 고개를 끄덕이며 술잔을 들어 다시 한입에 털어 넣었다. 그가 쿨럭쿨럭 기침을 해대며 짬뽕 국물을 입에 퍼 넣었다.

"정말이야? 엄마 아빠 없어?"

알란이 고개를 끄덕였다.

"그럼 어느 고아원에 있었어?"

"선덕원."

"선덕원? 어디 있는데."

"서울시 은평구."

난 기가 막혀 말이 나오지 않았다. 알란이 고아라니. 쉼터에 있는 원생들은 저마다 깊은 사연이 한두 가지는 있었다. 나이가 많든 적든 쉼터까지 흘러들어 온 사연을 털어놓는다면 아마 하룻밤 꼬박 말해도 부족할 거였다. 그렇지만 대부분 원생들은 가정 파탄, 가족과의 불화에서 가출한 경우가 많았다. 나처럼 특별한 사정으로 온 경우도 있지만, 대부분 쉼터에 있다 시간이 되면 집으로 돌아가기 마련이었다. 그런데 알란은? 알란이 고아라니?

"왜 고아가 됐어?"

나는 이 말을 해 놓고 마음속으로 곧장 후회했다. 취소할 수 있다면 취소하고 싶었다. 고아에게 왜 고아라고 묻다니. 그의 깊은 상처를 그렇게 후벼 파다니. 나는 알란 눈치를 보며 미안한 마음에 큼큼 헛기침을 했다.

"엄마가 날 버렸지. 네 살 땐가 다섯 살 땐가 잘 모르는데, 그래도 버려진 날만큼은 또렷이 기억나."

알란이 다른 사람 말하듯이 아무렇지 않게 말했다. 그가 한동
안 숨을 몰아쉬더니 천천히 입을 열었다.

"어딘지는 모르는데, 그날 엄마와 내가 어떤 길에 있었어. 아
마 아빠 몰래 도망쳐 나왔을 거야. 어느 길거리였는데, 엄마가
나보고 거기서 꼼짝 말고 있으라며 잠깐 가게 갔다 온다고 했
어. 그러면서 엄마가 가방을 열어 인형을 꺼내 그 인형을 내 가
슴에 안겨 주었어. 이 인형 갖고 엄마 올 때까지 여기서 꼼짝 말
고 있으라고."

"인형?"

나는 인형이라는 말에 어떤 예감에 사로잡혔다.

"어, 인형. 그 인형을 내가 어려서부터 갖고 놀았거든. 나는
어려서 인형을 좋아했어. 그렇다고 우리 집에 인형이 많았던 건
아니야. 하나밖에 없었는데, 생긴 것도 못 생긴 싸구려 인형이
었어. 그렇지만 난 그 인형을 좋아했지. 배를 누르면 삐- 삐 소
리가 났거든. 난 그 소리가 좋아서 울다가도 엄마가 배를 눌러
삐 삐 소리를 내면 금방 울음을 그쳤어. 그 인형을 엄마가 가져
다 나에게 준 거지."

"그 인형이 지금 네가 갖고 있는 그 인형이야? 쉼터에 있는 고

무 인형?"

알란이 그렇다며 고개를 끄덕였다. 순간 알란 눈가에 눈물이 핑 돌았다. 그가 고개를 숙인 채 미동도 하지 않고 흐느꼈다. 내 눈에도 뜨거운 물기가 젖어들었다. 저녁때가 되어 중국집에 사람들이 하나둘 몰려들었다.

"그리고 나서 엄마는 오지 않았어. 그때 그 길에서 인형을 안고 얼마나 울었는지 몰라. 너무 무서웠어. 밤이 되어 어두워지자 나는 엄마를 부르며 길바닥을 뒹굴었어. 아마 지나가는 사람들이 다 나를 쳐다보았겠지. 그러나 아무도 거들떠보지 않았어. 나는 울다 울다 지쳐 울지도 못하게 되어서야 잠이 들었어. 나중에 안 일이지만 그날 새벽이 되어서야 청소부 아저씨가 나를 안아다 근처 파출소에 데려다 주었대."

여기까지 말한 알란이 휴지를 뽑아 눈물을 닦았다.

"그러니까 그 인형은 나에게 엄마나 마찬가지야. 난 그 후 언젠가 엄마가 날 찾으러 온다는 생각에 한시도 인형을 손에 놓지 않았어. 인형을 손에 놓으면 엄마가 영영 돌아오지 않을 것 같아 마음이 불안했지. 그래서 지금까지 10년도 더 넘게 인형을 가지고 있었던 거야."

나는 알란 말을 듣고 알란의 고무 인형에 대해 이해할 수 있었다. 그리고 왜 알란이 그렇게 고무 인형에 집착하는지도 알게 되었다.

"그럼 고무 인형에 써 있는 글씨는 뭐야?"

"아, 그거, 생명에 이르는 병?"

"응. 생명에 이르는 병."

"그건 내가 초등학교 5학년 때 선덕원에 대학생 누나들이 봉사활동을 온 적 있어. 그 중 박경애라는 누나가 나를 무척 귀여워 했는데 그 누나가 나에게 해 준 말이야. 누나가 그랬거든. 사람은 누구나 살면서 어려움을 겪는데, 어떤 사람은 어려서 겪기도 하고 어떤 사람은 나이가 많아져서 겪기도 한다고. 나같은 고아들은 그 고통을 어려서 겪는 것이니 나중에 크면 좋은 일이 많이 있을 거라고. 그러면서 해 준 말이야. 생명에 이르기 위해서는 누구나 고통의 병을 겪어야 한다고. 나는 그 누나가 해 준 말을 좋아했어. 그 누나가 우리 엄마 같았거든. 그래서 고무 인형 뒤에 칼로 새겼지. 나중에라도 안 잊으려고. 그런데 그 누나한테 말을 들었을 때는 그게 무슨 뜻인지 알 것 같았는데, 그 후 생각에 생각을 거듭하다 보니 무슨 말인지 잘 모르겠는 거야.

이렇게 생각하면 이렇고, 저렇게 생각하면 저렇고. 특히 '생명'
이란 말이 무슨 말인지 헷갈려."

"생명? 생명이 왜?"

"그 누나말로는 생명은 참된 진리이자 빛이라고 했는데, 내
생각에는 아무래도 그게 아닌 것 같아. 그게 무슨 말인지도 모
르겠고. 예수님도 부처님도 다 그런 과정을 거쳐서 오늘날의 예
수가 되고 부처가 되었다는데, 나하고는 아무 상관없는 말 같
아. 나에게 생명은 고아원에서 나가 빨리 어른이 되는 거였거
든."

알란이 나를 똑바로 보며 말했다.

"그 누나하고는 계속 연락이 됐어?"

"응. 누나가 그 후에도 여러 번 더 찾아 왔어. 대학 졸업하고
부터 안 왔지."

나는 알란 말에 고개를 끄덕였다. 인형 등에 새겨진 글자에
그런 사연이 있는 줄은 꿈에도 생각하지 못했다.

"그럼 그 후 선덕원에 계속 있었던 거야?"

"응. 거기서 학교 다녔어."

"많이 맞았겠다. 거기 생활 힘들지?"

"거긴 원생들끼리는 폭행하지 않아. 사회복지사한테 많이 맞지. 원생들은 늘 감시당하니까."

"용돈은 어떻게 해?"

"용돈도 줘. 그런 면에서 쉼터하고 비슷해. 그런대로 생활할 만해."

"그런데 왜 나왔어?"

"원래는 안 나오려고 했지. 우리 같은 경우는 고등학교 졸업하면 무조건 원에서 나가야 돼. 만 18세 이상이 되면 무조건 나와서 독립해야 하거든. 그때 자립 정착금이라는 걸 주는데 그게 5백만 원이야. 그 돈 갖고 나와서 자기가 알아서 살아가야지. 나도 실은 그 돈 때문에 지금까지 악착같이 그곳 생활을 버텼지. 원에서 가출하고 안 들어오는 애들도 많아."

"그래? 그런 애들은 어디로 가?"

"대부분 범죄조직에 빠지지. 여자애들은 매춘을 하거나."

알란 말은 나에게 충격이었다. 고아원에 있는 아이들이 가출한다는 것은 그럴 수 있다고 생각하는데, 알란이 자립 정착금을 받기 위해 지금까지 그곳 생활을 견뎠다는 사실이 믿어지지 않았다.

"그러니까 나는 여기서 나가면 무조건 원으로 다시 들어가 그 돈을 탈 때까지 거기 있어야 돼."

"그런데 왜 나왔어?"

내 말에 알란이 나무젓가락 하나를 툭 분질렀다.

"복잡한 일이 있었어. 말하자면 긴데…."

알란이 깍지 낀 두 손을 탁자 위에 올려 놓고 말했다.

"원은 원장이 누구냐에 따라 모든 것이 달라져. 원장이 괜찮은 사람이면 원생들도 편하고, 그렇지 않으면 온갖 폭력과 비리가 일어나. 원래 우리 선덕원도 원장이 아주 좋은 사람이었어. 여자였는데 정말 뜻이 있어서 원을 운영하는 사람이었거든. 그런데 원장이 나이가 많아 치매에 걸렸는데 어느 날 갑자기 아들이란 사람이 나타난 거야. 원장은 그 사람이 아들인지 아닌지도 모르는데 그 사람은 자기가 아들이라면서, 자기가 원을 운영하겠다고 한 거야. 결국 그 아들이란 사람이 후임 원장이 됐는데 그때부터 문제가 시작된 거야. 이 후임 원장이 아이들을 때리고 또 선덕원 땅도 팔아 개인적으로 착복하고 후원금도 다 떼먹고. 외제차를 다섯 대나 굴렸으니까."

"후원금을 떼먹어?"

내가 놀라 묻자, 알란이 술잔을 어루만지며 말을 이었다.

"응. 우리는 외부 후원자와 멘토 – 멘티 관계로 연결되어 있어. 개인적으로 후원을 받기도 하고, 한 달이나 두 달에 한 번 같이 외출해 밥도 먹고 잠도 자고 그래. 나한테도 외부 후원자가 있었는데, 하루는 우연히 원장 방을 청소하다 탁자 위에 놓인 내 후원금 통장을 보게 됐어. 그러니까 나의 멘토가 나한테 정기적으로 보내온 후원금이 들어 있는 통장이지. 나는 원장이 없는 새에 잽싸게 통장을 확인했거든. 그런데 그 안에 6백만 원이 있는 거야. 원장이 그 돈을 나에게 주지 않고 자기가 다 쓰고 있었던 거야. 그런데 재수 없게도 내가 통장 확인하는 것을 원장한테 들켰어. 일부러 원장이 자리에 없는 척하면서 지켜보았는지도 모르지. 아무튼 그 일로 나는 원장에게 피터지게 얻어맞고."

알란이 앞에 놓인 잔을 들어 단숨에 입에 털어 넣었다. 그는 안주도 먹지 않고 한동안 입을 꽉 다문 채 손을 부르르 떨었다.

"그때부터 원장을 죽일 결심했지. 30초면 되니까. 잘 때 들어가 칼빵 놓는데 30초도 안 걸리니까. 그런데 그때 어떤 사람이 학교 앞으로 나를 찾아왔어. 내가 누구냐고 어떻게 나를 알고 찾아왔냐니까 아무 말도 안 하면서 잠깐 얘기를 하자는 거야. 우린 근처 PC방에 갔어. 거기 가니까 다른 사람 몇 명이 더 있더라고. 그러면서 하는 말이 나에게 알바를 해 보지 않겠냐고 해. 무슨 알바냐니까 컴퓨터 알바래. 잘만 하면 돈도 많이 벌 수 있다는 거야. 그래서 하겠다고 했지."

"무슨 알바인데?"

"나중에 알고 보니 그 사람들이 해커더라고. 컴퓨터 해커. 우리나라 사람도 아니고 중국 천진에 있는 중국인인데, 우리나라에 와 고급 원룸에 살면서 우리 같이 컴퓨터 좀 하고 신분이 불안전한 사람들을 포섭해 해킹하게 하는 거야. 자기들이 전면에 나서 직접 하다 잘못되면 걸리잖아. 그러니까 자기들은 앞에 절대 안 나서고 우리 같은 애들을 시켜 컴퓨터로 돈을 빼내는 거야."

"돈? 무슨 돈?"

"사람마다 인터넷 뱅킹 통장 있잖아. 그 통장을 해킹해서 돈을 빼내는 거야. 그 사람들은 정말 귀신 같아. 어떻게 개인정보를 미리 파악했는지, 통장 주인의 신분, 나이, 직업, 잔액, 언제 통장을 사용하고 얼마 동안 통장을 사용 안 했는지까지 모든 걸

파악하고 있어. 그리고 절대 많은 돈을 빼 가지 않아. 조금씩 조금씩. 그러니까 통장 주인도 자기 통장에서 돈이 얼마나 빠져 나갔는지 몰라. 그런 식으로 여러 통장에서 조금씩 빼내는 거야. 우리 같은 애들 시켜서."

"그러려면 컴퓨터를 잘해야 하잖아? 알란 너 컴퓨터 잘해?"

"그렇게 잘 하지 않아도 돼. 웬만큼만 하면 돼. 그 사람들이 아예 해킹 프로그램을 주거든. 그걸 PC방 컴퓨터에 깔아 놓고 PC방에서 하는 거야."

"그래서 넌 얼마나 빼냈는데?"

"이천만 원. 이천만 원 빼 냈는데 90만 원 주더라."

알란 말을 들으니 기가 찼다.

"안 걸렸어?"

"걸렸지."

"걸려? 그래서 어떻게 됐어."

"내가 걸리면서 검찰과 해커들 간 싸움이 시작된 거야. 검찰은 나를 잡고도 구속시키지 않고 전과 똑같이 활동하라고 했어. 왜냐면 그렇게 해서 내 배후에 있는 중국인 해커들을 잡으려 한 거지. 또 해커들은 나한테 메일로 만일 자기들 조직을 불면 죽이겠다고 협박하고."

"그래서 어떻게 됐어?"

"그렇게 3개월 간 검찰에서 나를 끄나풀로 이용하더니 나를 재판에 넘겼어. 해커 조직은 끝내 못 잡고. 결국 나는 다시 선덕 원으로 돌아갔지. 거기 가니까 원장이 도끼눈을 뜨고 나를 노려 보는 거야. 나 때문에 검찰에 불려 다니며 자기 비리가 들통날 까 봐 얼마나 조마조마했겠어? 또 내가 입만 열면 후원금 착복 사실이 드러나잖아. 그러니까 나를 죽이려고 했겠지. 직접 폭행 은 가하지 않았는데 24시간 갈구는 거야. 그래 성질 나서 확 나 와 버렸지."

"그렇게 나왔는데 다시 들어간다고?"

"그래야지. 올 일 년만 참으면 학교 졸업이고, 그럼 나는 무조 건 거기서 나와야 하니까."

"자립 정착금 5백만 원 받기 위해서?"

"그렇지. 그 5백만 원이 나한테는 나의 모든 것이니까."

"원장이 안 주면 어떻게 해?"

"아니, 주게 되어 있어. 안 주면 나도 후원금 착복 사실을 검찰 에 불어야지."

알란이 말하며 손가락으로 탁자를 가볍게 두드렸다. 한동안 알란은 무슨 수를 계산하는 듯 눈만 깜박거리며 말이 없었다. 그가 다른 손으로 입가를 문지르다 턱을 괴었다.

"그 중국인 해커들은 그 후 잠잠해?"

"아니. 날 잡으려고 혈안이 되어 있지."

"안 무서워?"

"무섭지. 잡히면 어떻게 될지 모르니까. 아마 중국으로 끌고 가 어딘가에 팔아 버릴 거야."

그러면서 알란이 입가에 엷은 웃음을 물었다.

"그것들이 선덕원에도 찾아 왔었어. 선덕원에 와서 나를 찾길래 경찰에 바로 신고해 버렸지."

"그 해커들이 복수하지 않을래나?"

"복수하려고 하겠지. 그러니까 나도 빨리 학교 졸업하고 다른 곳으로 떠야지."

알란이 오른손 주먹을 쥐었다 폈다 했다.

"한 가지 더 얘기할 것이 있는데."

그가 생각에 깊이 빠진 듯한 표정으로 말했다.

"여친이 있었거든. 그 아이도 고딩이었는데 임신했어. 그런데 하루는 그 애 아버지라는 사람이 나를 찾아왔어. 혼자 온 게 아니고 서너 명이 같이 왔어. 밤이었는데 학교에 있다 원에 가는데, 원 거의 다 가서 골목에서 마주친 거야. 그 사람들이 내가 오기를 기다리고 있었던 거지. 아무개 아버지인데 자기 딸이 임신한 사실을 알았다면서 다짜고짜 내 멱살을 잡더라고. 그러더니 나를 골목 벽에 확 밀어부치는 거야. 옷 속에서 머리통만한 돌을 꺼내더니 나를 확 찍는 거야. 정신이 아찔했지. 그런데 보니까 내 머리를 찍은 게 아니라 머리 바로 옆 귀 쪽을 찍은 거야. 그러면서 이러더라고. 앞으로 자기 딸 만나지 말라고. 자기 딸에게도 잘못이 있으니까 자기 손으로 낙태시켜 전학 보낼 테니까, 앞으로 절대 딸 앞에 얼씬거리지도 말라고. 만약 다시 딸 앞에 나타날 경우 나를 그 자리에서 죽여 버리겠다고. 씩씩거리는 그 사람한테 완전 술 냄새가 진동했어. 그가 알았느냐고 해서 내가 알았다고 했지. 그가 침을 튀기며 다시 한 번 확답하라고 했어. 나는 그렇게 하겠다고 했고."

"그 뒤로 그 여자 애는 안 만난 거야?"

알란이 그렇다고 했다. 나는 알란 이야기를 들으며 내 몸이 발가벗겨지는 듯한 느낌이 들었다. 발가벗긴 채로 사람이 많은 광장에서 조리돌림 당하는 느낌이 들었다. 알란은 나의 비밀을 알고 있을까? 어떻게 그런 말을 천연덕스럽게 하지? 나는 얼굴이 붉어진 채 머릿속이 마구 혼란해졌다. 문득 가슴 깊숙이 슬픔의 밑바닥에서 올라오는 후회의 감정이 나를 사로잡았다. 어찌 보면 무덤 속까지 가져가야 할 비밀인데 그런 이야기를 나한테 스스럼없이 털어놓다니. 술 때문일까? 그러나 그건 아닌 것 같았다. 술이야 너무 오랜만에 마셨지만, 나나 알란이나 자기 마음 속 깊은 비밀을 털어놓을 만큼 우리가 취한 것은 아니었다.

말을 마친 알란이 자기 잔에 술을 따랐다. 나는 알란의 그런 모습을 보며 알란이 왜 자기 비밀을 나에게 낱낱이 털어놓는지 궁금했다. 그러면서 한편 고마운 생각도 들었다. 누군가 타인에게 자기 이야기를 한다는 것은 그에 대한 최소한의 신뢰가 없으면 안 되는 일이기 때문이다. 나는 알란 이야기를 듣고 평소 알란에 대해 가졌던 여러 궁금증이 한꺼번에 풀렸다.

그러면서 생각했다. 한 인간을 이해한다는 것은 무엇일까. 타인의 세계를 이해하기 위해서는 언어라는 사다리를 이용해 그 사람의 성곽에 올라가 보지 않으면 안 된다. 이야기를 통해 우리는 서로를 깊이 알고 이해하게 된다. 지금의 나와 알란처럼. 나도 문득 알란에게 내 이야기, 나의 비밀을 말하고 싶은 충동을 느꼈다. 어떻게 내가 자랐고, 언제 서울로 전학했으며, 중학교 때의 생활, 특히 지수와의 관계에 대해. 그런 이야기를 알란에게 다 해서 친형제 이상의 유대감을 갖고 싶었다.

우린 자리에서 일어났다. 주인이 우리에게 학생이냐고 물었다. 우린 대학생이라고 했다. 밖에 나오자 눈발을 실어온 찬바람이 얼굴에 훅 끼쳐들었다. 술기운에 화끈대던 얼굴이 선득거리며 정신이 확 들었다.

"괜찮아?"

알란이 괜찮다며 앞서 걸었다.

"다음엔 내 얘기 해 줄게."

내 말에,

"다음? 다음 언제? 그럴 때가 있을래나?"

알란이 나를 힐끗 보았다. 알란 말을 들으니 정말 다음이라는 말만큼 피상적인 말도 없다는 생각이 들었다. 알란은 이제 10일 후면 쉼터를 떠난다. 그 안에 나는 내 이야기를 알란에게 할 수 있을까?

10

왕목사를 우리는 왕구라라고 했다. 쉼터에는 한 달에 한 번 왕목사가 와서 우리들에게 설교하는 시간을 가졌다. 정식 예배를 보는 건 아니었지만, 청소년들에게 건강한 삶의 자세를 갖게 한다는 취지에서 원장님이 마련한 정신교육 시간이었다. 그 시간에는 왕목사뿐만 아니라 지역의 다른 분들도 다녀갔다. 학교 교장, 스님, 사회활동가 같은 사람들이었다. 그들이 하는 말은 희망을 가져라, 하면 된다, 포기하지 마라, 남을 위해 살아라, 와 같은 판에 박힌 말들이었다. 그들은 희망에 대해 많은 이야기를 했고, 절망이 왜 인생에서 위험한지 입이 아프도록 이야기했으며, 청소년기야말로 인생을 살아가는 데 얼마나 중요한 시기인지를 역설했다.

그들 말을 듣다 보면 은근히 겁이 나기도 했다. 청소년기를 잘 보내지 않으면 인생에 낙오자가 된다는 말에, 그렇다면 우린 이미 낙오자가 아닌가 해서였다. 우린 비록 여러 개인적인 사정에 의해 쉼터에 와 있기는 하지만, 스스로 자신을 낙오자로 생각하지는 않았다. 아니 어쩌면 그렇지 않을지도 모른다. 자신을 인생의 낙오자로 생각하고 있을지도 모른다. 조오나 록키 같은 아이들에게 묻는다면 그들은 절대 낙오자가 아니라고 항변할 것이다. 더구나 조오는 늘 해병대 입대 이야길 하면서 자기야 말로 군대라는 확실한 직장에 있을 거라고 강변해 왔으니까.

그런 조오와 전혀 상반된 입장을 보이는 아이가 알란이었다. 알란은 늘 인생이란 말 앞에 밑바닥이라는 말을 붙였다. 밑바닥 인생. 우리 같이 허접한 아이들은 평생 사회의 밑바닥이나 핥을 수밖에 없다는 것이었다. 그래서 그랬는지 몰라도 알란은 정신교육 시간을 좋아하지 않았다. 원장님이 직접 주선하는 시간이어서 빠질 수는 없었지만, 참석할 때도 강사들과 열띤 논쟁을 벌이는 일이 많았다. 그럴 때마다 알란의 창백한 얼굴은 더욱 하얗게 굳었고 날카로운 눈빛이 더욱 빛났다. 경멸과 조소를 띤 얇은 입술을 굳게 다물었으며 상대방을 바늘로 찌르듯 쳐다보았다. 나는 그런 알란의 태도가 좀 지나치다 싶었다. 그냥 넘어가도 될 말에 너무 예민하게 반응해서였다. 그는 강사들 이야기를 조목조목 반박했다. 당황한 강사들이 얼굴을 붉히며 어쩔 줄 몰라 하는 것을 그는 즐기는 것 같았다. 그럴 때 그의 모습은 한마디로 어디 와서 헛소리를 늘어놓느냐는 것이었다. 그렇게 논쟁을 하지 않으면 그는 아예 엎드려 자거나 다른 책을 읽었다. 그럴 때 그의 모습은 나도 당신들만큼이나 인생을 알고 있으며, 당신들이 무슨 말을 해도 나한테는 통하지 않는다는 오만함 같은 것이 배어 있었다.

나는 처음엔 그런 알란을 이해하지 못했다. 세상을 대하는 알란의 차고 냉소적인 시선이 솔직히 나한테도 편하지 않을 때가 있었다. 그러다 지난번 요양원 봉사활동 후 중국집에서 알란이 살아온 이야기를 듣고 난 후 비로소 나는 그러한 알란을 이해하게 되었다. 나라면 어땠을까? 내가 알란과 같은 삶을 살았다면? 알란은 삶의 직격탄을 너무 어린 나이에 맞았다. 돌아온다던 엄마가 오지 않고 사라졌다. 거기서부터 시작되었을 인간에 대한 불신과 상처. 그 불에 달군 인두로 지진 듯한 상처는 죽어서도 지워지지 않을 거였다. 나나 조오나 록키나 크리스나 사실 가정과 학교에 적응을 잘 못해 사고치고 쉼터까지 오게 되었지만, 알란과 같은 일을 겪지는 않았다. 그는 엄마로부터 버림받고 15년 이상을 고아원에서 살았다. 아니 산 게 아니라 버텼다. 그러면서 갖게 된 세상에 대한 편견과 고집. 어쩌면 그것들이 알란이 세상을 살아가는 데 악착같이 버티게 해 준 힘이 되었는지도 모른다.

　그날도 왕목사는 우리에게 성경 한 대목을 들어 설교하기 시작했다. 왕목사는 쉼터 원장님처럼 몸집이 컸고, 검고 굵은 뿔테 안경을 쓰고 있었다. 우린 학습실에 모여 제각기 편한 자세로 그의 설교를 들었다. 알란은 처음부터 그의 말을 듣지 않으려는 듯 아예 수업 시작 전부터 다른 책을 가져다 읽었다. 왕목사가 손가락에 침을 묻혀 가져온 성경책을 넘기며 말했다.

　"오늘 내가 여러분에게 이야기하고자 하는 주제는 진정한 생명은 어떻게 태어나는가, 입니다."

　왕목사가 첫마디 운을 떼는데, 그때까지 책에 코를 처박고 있던 알란이 고개를 발딱 들었다. 그는 읽던 페이지에 손가락을 끼워 넣고 책을 완전히 덮지 않은 채 왕목사를 주시했다.

　"우선 성서에 있는 말씀부터 살펴보겠습니다. 누가복음 4장 1절에 있는 말씀입니다.

　'예수께서 성령의 충만함을 입어 요단강에서 돌아오사 광야에서 40일 동안 성령에 이끌리시며 마귀에게 시험을 받으시더라. 이 모든 날에 아무 것도 잡수시지 아니하시니 날 수가 다하니 주리신지

라.'

"이 말씀에 얽힌 이야기를 오늘 여러분에게 들려주고 싶습니다. 성령의 충만함을 입어 요단강에서 돌아오셨다는 말은 예수님이 세례자 요한에게 세례를 받고 오셨다는 말입니다. 그러고 나서 예수님은 생각한 바가 있어 사막으로 단식 고행의 길을 떠납니다. 예수님은 그곳에서 돌을 주어 둥그렇게 원을 그린 후 내가 하느님을 만나 보기까지 절대 이 원 밖으로 나가지 않겠다고 맹세합니다. 그곳에서 예수님은 40일 동안 밤낮을 가리지 않고 단식하며 기도합니다. 낮에는 불같은 태양으로 달구어진 지면과 뜨거운 공기로 숨이 막혔을 것이고, 밤에는 떨어진 기온으로 추위에 시달렸을 겁니다.

예수님은 자신의 결심을 다음과 같이 말씀하십니다.

─ 하느님, 당신을 만나기 전에는 절대 이 자리를 안 떠납니다. 징표나 고통이 아니라 인간의 목소리로 말씀해 주세요. 당신이 원하는 것이라면 무엇이든 받아들이겠습니다. 그것이 사랑이든 칼과 같은 무기이든 그 무엇이든, 그리고 그것이 내가 이 자리에서 죽는 일이라면 그것마저도 받아들이겠습니다. 그

러니 나에게 꼭 인간의 목소리로 나타나 주십시오.

그렇게 기도하고 있는데 잠시 후 어둠 속에서 검은 코브라가 다가와, 예수님과 코브라가 설전을 벌입니다.

– 네가 참 안 됐어. 너는 울고 있어. 외롭기 때문이지. 내가 여기 온 것은 네가 외로워 해서야.

– 나는 너를 부르지 않았다. 너는 누구냐?

– 나는 네 영혼.

– 내 영혼?

– 너는 혼자 있는 것을 두려워 해. 못 견뎌 하지. 그런 면에서 아담이랑 똑같아. 그는 외로워 하느님께 간청해서 자신의 갈비뼈 가운데 하나로 여자를 만들었지. 넌 날 속이려 하고 있어.

– 속인다고?

– 그렇지. 외로우면서도 외롭지 않다는 게 바로 속이는 거지. 외롭지 않으려면 여자를 사랑하고 가족을 돌보면서 살아야 해. 그런데 너는 쓸데없이 세상을 구하려고 노력하지. 세상을 구할 수 있다니 그건 교만한 생각이야. 세상은 구원될 필요가 없어. 너 자신이나 구원해. 사랑을 찾아.

– 사랑은 이미 갖고 있어.

– 이 봐. 날 봐. 내 눈과 내 가슴을 봐. 네가 고개만 끄덕이면 너는 나와 함께 침대에 있는 거야.

이렇게 뱀이 집요하게 예수님을 유혹하지만, 예수님이 뱀의 유혹에 넘어가지 않자 불길이 일면서 뱀이 사라집니다.”

여기까지 말한 후 왕목사가 우리를 둘러보며 흡족해 했다. 그는 우리가 어떤 태도로 듣든 이미 자기가 하는 말에 스스로 빠져 만족해 했다. 왕목사가 다시 말을 이었다.

“뱀이 사라지자 예수님께서는 통곡을 하십니다. 그렇게 열흘이 지나자 배고픔이 사라집니다. 그때 어둠 속에서 사자가 나타납니다. 갈기가 무성한 엄청 큰 수사자가 나타나 예수님이 그어 놓은 금 가까이 다가옵니다. 여기서 사자는 권력을 상징해요. 사자가 말합니다.

– 여자와 작은 유혹을 물리쳤군.

그러자 예수님이 말씀하십니다.

– 넌 누구냐?

– 난 네 마음이야. 넌 겸손한 척하지만 사실은 세상을 정복하고 싶어 하지.

– 난 지상의 왕국을 바란 적이 없어.

– 거짓말. 네가 목수가 되어 십자가를 만들어 로마인들에게 줄 때부터 너는 세상을 정복할 꿈에 부풀어 있었어. 모든 사람을 지배할 힘. 이제 너는 네가 원하는 것을 가질 수 있어. 어떤 나라든지 전부 다. 로마까지도.

그러면서 사자가 원 안으로 들어서려 하자 예수님께서 단호하게 외칩니다.

– 이 원 안으로 한 발만 들여놓으면 네 혀를 뽑아 버리겠다.

그 순간 사자 역시 불꽃이 되어 허공에 사라집니다.

예수님은 이미 지쳐서 앉아 있을 힘조차 없습니다. 사막에 쓰러져 거의 초죽음이 된 상태로 있는데 이번엔 거대한 불기둥이 솟구칩니다. 어찌나 그 불기둥이 빛을 발하는지 예수님은 눈을 뜰 수조차 없어요. 예수님이 겨우 말씀하십니다.

– 대천사여. 물러나주십시오. 눈이 부셔서 눈이 멀겠오.

그러자 대천사가 말합니다.

– 내가 바로 네가 기다렸던 '그이'이다. 기억해 보라. 네가 어렸을 때 너는, 하느님 저를 신으로 만들어 주세요, 신이 되게 해 주세요, 하며 울면서 말했지.

– 그땐 그저 어린애였어요.

– 넌 신이야. 세례자 요한은 그걸 알았던 거야. 이제 그걸 인정할 때가 온 거야. 넌 그의 아들. 하느님의 독생자. 자, 이제부터 나와 합치자. 나와 힘을 합친다면 우리가 못할 일이 없어. 우리가 함께 산 자와 죽은 자를 지배하는 거야. 네가 생명을 주고 그를 거두는 거야. 네가 심판을 해. 난 그 옆에 앉아만 있을 테니. 우리가 함께 하면 얼마나 강력할지 상상을 해 보게.

– 사탄?

예수님의 사탄이란 말 한 마디에 지금까지 불길로 나타난 대사제가 사라져 버렸어요."

여기까지 말을 마친 왕목사가 준비한 자료 가운데 그림 한 장을 꺼냈다.

"자, 이걸 보세요. 이 그림이 예수님께서 40일 동안 광야에서 단식하면서 사탄을 물리친 후의 모습을 그린 그림입니다."

그가 그림을 들고 학습실을 한 바퀴 돌았다. 록키와 크리스가 그림을 책상 위에 놓고 보며 큰 소리로 말했다.

"야, 나 같으면 뱀의 말에 따를 텐데."

"나는 뱀도 좋고 사자도 좋아. 세상의 권력을 쥐고 로마인을 없애 버리면 되잖아."

둘이 그림을 보며 히죽거렸다.

"이 그림은 이탈리아의 화가 모레토 다 브레시아가 그린 그림입니다. 40일 간의 단식과 사탄의 유혹을 물리치신 예수님 모습이 아주 평화롭게 그려져 있지요? 예수님을 둘러싸고 있는 여러 피조물들도 한데 어우러져 평화로운 모습입니다. 또 예수님 뒤에서는 천사들이 예수님 시중을 들고 있고요."

왕목사가 학습실 앞 교단으로 나오며 흘러내린 안경을 손으로 밀어 올렸다.

"지금 내가 한 이야기를 통해 우리가 생각해 보아야 할 것은 과연 참된 생명이란 어떻게 탄생하는가 하는 것입니다. 그것은 두말할 것 없이 고통과 시련을 통해 탄생합니다. 여러분 생각해 보십시오. 예수님은 광야에서 단식으로 쓰러져 가는 동안에도 세 번 사탄의 유혹을 물리치셨습니다. 안락함과 편안함의 유혹을 물리치셨고, 세상 지배에 대한 유혹을 물리치셨으며, 예수님 스스로 신이 될 수 있다는 유혹을 물리치셨습니다. 단식의 고통 속에 찾아온 유혹의 달콤함을 만약 물리치지 못했다면 예수님은 어떻게 됐을까요? 참된 생명으로 거듭날 수 있었을까요? 오늘날 예수님으로 존재할 수 있었을까요?"

왕목사 말에 앞에 앉은 록키와 크리스가 말없이 고개를 끄덕였다. 나는 왕목사 설교를 들으며 알란의 고무 인형에 새겨진 '생명에 이르는 병'이라는 말을 생각했다. 어쩌면 그 말을 알란에게 해 주었다는 그 대학생 누나도 왕목사와 같이 기독교인이 아니었을까? 알란에게 지금의 고통을 잘 이겨내 훌륭한 사람이 되라는 뜻에서 그 말을 해 준 게 아니었을까.

그때까지 조용히 고개를 숙이고 있던 알란이 입을 열었다.

"목사님. 지금 목사님 말씀은 성경에 있는 것으로 예수님에 관련된 이야기입니다. 광야에서 유혹을 이겨 내시고 그리스도가 되셨다는. 그렇지만 우리 같은 사람들에게 참생명이란 무엇일까요? 저는 아무리 생각해 봐도 그게 무엇인지 모르겠습니다."

알란 말에 왕목사가 알란을 주시했다.

"뭘 모르겠다는 건가?"

"그러니까 제 말은 우리 같은 사람들은 고통을 겪어도 예수님처럼 참생명으로 거듭날 수 없다는 것입니다. 우선 저만 해도 그렇습니다. 제가 처한 처지에서 겪는 고통이 참된 생명으로 거듭날 밑거름이 되지 않을 것이란 말이죠. 그리고 저뿐만이 아닙니다. 우리 사회에 흔히 말하는 밑바닥 인생이라는 사람들이 겪는 고통이 얼마나 큽니까? 실업에서 오는 고통, 주거 문제에서 오는 고통, 가난에서 오는 고통, 질병에서 오는 고통, 부자들의 경멸과 냉소에서 오는 고통. 우리 사회 대부분 사람들이 겪는 고통은 이루 말할 수 없습니다. 오죽하면 우리나라가 세계에서 자살률 1위겠습니까?"

알란이 얼굴을 붉힌 채 또박또박 말했다. 그러한 알란을 물끄러미 바라보던 왕목사가 낮은 목소리로 입을 열었다.

"학생은 너무 부정적이군. 자신과 사회를 보는 눈이 너무 편협하고 부정적이야."

이 말에 알란이 발끈했다.

"제가 부정적이라서 그런 것이 아니라 실제로 그렇지 않습니까? 저는 지금까지 살면서 제 삶으로부터 충분히 고통받았다고 생각합니다. 그렇다고 앞으로 제가 참생명으로 다시 태어날 것 같지는 않습니다. 가난과 폭력에 망가진 우리 같은 아이들이 앞으로 살면서 엄청난 고통을 더 당하겠지만, 솔직히 무슨 참생명을 얻을 수 있겠습니까? 저는 쉼터에서 나가 고등학교 졸업하면 대학에 진학할지 안 할지 그건 모르겠습니다. 아무튼 대학에 가든 안 가든 한 가지 분명한 사실은 앞으로 제 인생이 우리 사회 하층민으로 살아갈 것이라는 겁니다. 그것도 참생명입니까?"

알란 목소리가 격앙되어 있었다. 나와 아이들 모두 그러한 알란을 바라보았다. 책을 쥐고 있는 알란 손가락이 가늘게 떨렸다. 너무 직설적으로 문제를 제기하는 알란 때문에 왕목사가 당황해하는 모습이 역력했다. 왕목사도 얼굴이 대추 빛으로 붉어졌다.

"구약성서에 요나라는 인물이 있어요. 요나는 기원전 8세기경에 활동한 이스라엘 예언자입니다. 어느 날 하느님께서 요나에게 아시리아의 수도 니느베로 가서 이교도들을 개종시키라고 명합니다. 그러나 요나는 겁이 나서 도망치기로 작정하고 타르시스로 가는 배에 오릅니다. 그러자 하느님께서 바다에 큰 폭풍을 일으켰고, 두려움에 떨던 뱃사공들이 원인을 밝히고자 제비뽑기를 합니다. 제비뽑기에 뽑힌 요나가 자신은 하느님을 피하여 달아나는 중이라고 고백하고, 자신을 바다에 던지면 폭풍이 가라앉을 것이니 자기를 바다에 던지도록 합니다. 뱃사공들이 요나를 들어 바다에 던졌고, 하느님께서 큰 물고기(고래)를 시켜 요나를 삼키게 합니다. 결국 요나는 3일 밤낮을 그 물고기 배 속에 있다 토해져 나오는데, 그곳이 어디냐면 하느님이 가서 내 말을 전하라고 했던 바로 그 니느웨 근처였습니다. 하느님 말을 피해 달아난다는 것이 하느님이 가라는 곳으로 가게 된 것입니다. 요나는 결국 니느웨로 가서 하느님이 하라는 대로 도시의 파멸이 다가왔다고 외칩니다. 그리하여 니느베 사람들과 왕은 회개하고 하느님은 이들을 용서합니다."

왕목사가 목이 마른지 큼큼 마른기침을 했다.

"우리 모두는 요나와 같은 사람입니다. 아무리 하느님으로부터 도망치려 해도 결국 하느님 품을 벗어날 수 없습니다. 도망쳐 간 곳이 결국 하느님이 가라고 한 곳이 아니었습니까? 인간이 태어나서 죽을 때까지 걷는 길도 이미 하느님께서 마련해 놓은 길입니다. 우리는 자기 마음대로 인생을 사는 것 같지만 그렇지 않습니다. 그 길은 곧 하느님 길이요, 하느님께서 예비해 놓으신 길입니다."

왕목사 말에 손으로 이마를 짚고 있던 알란이 다시 말했다.

"그렇다면 목사님께 한 가지 여쭤 보겠습니다. A라는 사람이 있습니다. A는 태어날 때 집이 지극히 가난했습니다. 매일 부모가 피 터지게 싸우다 이혼했습니다. 그런 환경에서 A가 정상적인 아이로 자랄 수 없겠죠. 그럭저럭 중·고등학교를 졸업하고 사회에 나갔습니다. 그런 A가 사회에서 역시 제대로 살긴 힘들겠죠. 결혼도 하긴 하겠지만 결혼 후 가정에서의 폭력도 여전할 겁니다. 가난과 폭력이 대물림되는 거죠. 그렇지만 B라는 사람은 A와는 정반대의 삶을 삽니다. 유복한 가정에서 태어나 안락하고 평온하게 성장하여 비슷한 배우자를 만나 부모 재산을 상속받아 부유한 삶을 삽니다. 그렇다면 A나 B는 모두 하느님이 예비해 놓은 길을 사는 것입니까? A에게 자기 인생이란 없는 것 아닌가요? 그런 A에게 무슨 희망이 있겠으며, 생명에 이르기 위한 고통을 견디라고 말할 수 있겠습니까?"

알란 말에 울음기가 묻어 있었다. 나는 알란 말을 들으며 알란이 바로 자기 이야기를 하고 있음을 알아차렸다. 처음 붉어졌던 알란 낯빛이 어느새 다시 창백해졌다. 알란이 피곤한지 볼펜 끝으로 눈자위를 꾹꾹 눌렀다. 어느새 학습실은 알란과 왕목사의 논쟁으로 번져 가고 있었다. 나를 제외한 나머지 아이들은 지루하다는 듯 의자에 몸을 비스듬히 기대고 있거나 책상에 엎드려 있었다. 나는 왕목사 말보다 알란 말이 더 이해하기 쉬웠다. 왕목사가 다시 입을 열었다.

"여러분들 중에 읽은 사람이 있는지 모르겠지만, 독일의 시인이자 소설가 중에 헤르만 헷세라는 사람이 있어요."

왕목사 말에 알란이 즉각 대답했다.

"헷세의 『데미안』 말입니까?"

"어? 읽었네. 난 읽은 사람이 없을 줄 알았는데."

"이 형 책 많이 읽어요."

에기가 알란을 보며 말했다.

"거기 보면 유명한 글이 있어요. 마침 생명에 대해 얘기해서 떠오르는데, '새는 알에서 나오려고 바둥거린다, 그 알은 새의 세계이다, 알에서 빠져나오려면 하나의 세계를 파괴하지 않으면 안 된다, 새는 신의 곁으로 날아간다, 그 신의 이름은 아프락사스라 한다', 이런 구절이에요. 생명의 탄생과 관련해서 널리 애용되는 문장인데, 누구든지 하나의 생명으로 태어나기 위해서는 자신을 둘러싸고 있는 껍질을 깨고 나오지 않으면 안 됩니다. 알에서 빠져나오려는 새처럼 말입니다. 만약 껍질을 깨고 나오지 못한다면 그때는 죽음이죠. 이것은 동물이나 인간이나 생명을 가진 존재라면 모두 마찬가지예요."

"저도 그 말을 이해합니다. 알에서 빠져나오기 위해서는 하나의 세계를 파괴하지 않으면 안 된다는 것. 그런데 그렇게 힘들게 태어난 새가 왜 신의 곁으로 날아가죠? 아프락사스라는 신은 무엇을 의미합니까?"

"그 신은 새와 알을 초월한 삼라만상 본연의 세계라고 할 수 있어요. 모든 존재를 태어나게 하는 어머니 같은 존재. 사물의 핵심, 본질, 그 속에 깃든 영원성 같은 것들을 말합니다."

"저는 그 부분도 이해할 수 없어요. 그리고 뜬구름 잡기 식의 말장난에 불과하다고 생각해요. 그렇게 껍질을 깨고 힘들게 태어난 새가 숲에서 행복하게 살아간다면 모르는데, 의미도 명확하지 않은 아프락사스라는 신 곁으로 날아간다는 게 말이 안 된다고 생각해요."

알란 말에 왕목사가 한동안 말을 하지 않았다. 묵묵히 알란을 바라보기만 할 뿐. 그러다 화이트보드에 '형이상形而上'과 '형이하形而下'라는 말을 썼다.

"이 말은 여러분들이 이해하기엔 좀 어려울지도 모릅니다. 우선 형이상이라는 말은 형태 이전의 것이라는 말이고, 형이하는 형태 이후의 것이라는 말인데. 좀 더 쉽게 말하면 형이상은 형체를 갖기 이전 사물의 근본적인 본래 모습으로 인간의 감각기관을 초월한 정신세계를 가리킵니다. 반면에 형이하는 인간이 눈 코 입 등 감각기관으로 직접 느낄 수 있는 세계를 말하는데 우리가 살아가는 이 세계를 말합니다. 지금 저 학생 이야기는 한마디로 형이하학적 세계를 말하고 있어요. 반면에 『데미안』 소설에 나오는 아프락사스라는 신의 세계는 형이상학적 세계입니다. 우리는 인간 세상이라는 형이하학적 세계에서 살아갑니다. 사람이 살기 위해서는 집도 있어야 하고 옷도 입어야 하고 밥도 먹어야 합니다. 이 집, 옷, 밥, 이런 게 다 형이하학적 세계에 속한 것들이에요. 그러나 인간은 또 그것만으로는 살 수 없습니다. 도덕, 사랑, 진실, 윤리, 신, 같은 것들이 없어서는 안 돼요. 이것들은 우리 눈에 보이지 않지만 우리 삶에 중요합니다. 어찌 보면 인간을 다른 동물과 구별하게 해 주는 것은 바로 이와 같이 눈에 보이지 않는 형이상학적 세계를 인간은 인식하고 있다는 거예요. 생명 탄생에 대한 이야기는 이 이야기 말고도 얼마든지 다른 예를 찾아볼 수 있어요. 프랑스 철학자 가운데 파스칼이라는 사람이 있는데….”

왕목사가 말머리를 돌리려 하자 알란이 두 손을 저으며 제지했다. 그가 다시 격앙된 목소리로 말했다.

“그만하세요, 목사님. 그런 이야기는 아무리 들어도 그게 다 그렇고 그런 말입니다. 목사님은 어디까지나 목사로서 하시는 말씀이니까요. 한 가지만 묻겠습니다. 생명에 이르기 위해서는 모든 것이 다 고통이라는 ‘병’을 거쳐야 하나요? 병을 거치지 않고도 생명에 이를 수는 없나요?”

알란 말에 왕목사가 침묵했다. 그는 손으로 턱을 감싸쥔 채 깊이 생각에 잠기는 듯했다. 그러다 천천히 확신에 찬 목소리로 입을 열었다.

“없습니다. 없어요. 여러분 잘 생각해 보십시오. 모든 생명은 고통이라는 탄생의 병을 거쳐야 합니다. 그것이 자연의 섭리이

자 하느님의 뜻입니다. 한 알의 밀알도 싹이 트기 위해서는 썩는 고통을 거쳐야 합니다. 바다 속의 조개도 아름다운 진주를 품으려면 자기 살이 썩는 고통을 견뎌야 합니다. 고치를 뚫고 나오는 나비를 보세요. 사력을 다해 고통을 뚫고 나온 나비만이 날개를 펴고 드넓은 창공으로 날아갑니다. 고치를 뚫고 나오는 것이 너무 힘들어 옆에 있는 사람이 핀셋으로 나비를 살짝 들어 올려 주었어요. 그럼 나비는 어떻게 될까요? 자기 힘으로 날개를 펼 수 없어서 죽고 맙니다. 고치를 뚫고 나오는 힘거운 과정을 통해 날개를 펼 수 있는 힘이 길러지는 건데, 그 힘을 기를 시간을 다른 사람 도움으로 갖지 못하면 새 생명을 얻지 못합니다.

사람도 마찬가지에요. 어떤 일을 통해 무엇인가 작은 교훈을 얻는 일도 그냥 얻어지는 것이 아니에요. 그것을 성서에서는 십자가로 표현하고 있습니다. 누구나 사람은 자기가 짊어져야 할 십자가가 있습니다. 그러나 그것을 어떻게 보느냐에 따라 십자가의 의미도 달라집니다. 여러분이 지금 겪는 고통, 가정에서 오는 것이든, 학교생활에서 오는 것이든, 여러분이 겪는 고통은 앞으로 여러분이 살아가는 데 틀림없이 밑거름이 될 것입니다.

그런 면에서 용기를 잃지 말라는 것이며 쉽게 절망하지 말라는 것입니다. 그게 바로 생명의 이치이며 누구나 다 참생명에 이르기 위해서는 고통이라는 병의 과정을 거칠 수밖에 없다는 것입니다."

알란이 깍지 낀 손가락을 비틀었다.

"그렇지만 제가 보기에는 생명은 없고 고통만 있는 사람들이 더 많은 것 같아요. 여기 있는 저희들도 그렇게 될 거구요. 생명의 빛이 무엇인지 느껴볼 겨를도 없이 일생을 힘들게 일만 하다 죽는 사람들. 대부분 우리 사회 하층민들이 그렇잖아요? 일개미처럼 노예처럼 죽어라고 일을 하지 않으면 살아갈 수 없는 밑바닥 사람들. 그들에게 생명이란 하루하루 이어 가야 할 목숨에 불과하지 않나요?"

알란 말에 왕목사가 대꾸하지 않았다. 왕목사와 알란 사이 긴 침묵이 이어졌다. 나는 학습실 아이들을 살펴보았다. 록키와 크리스 에기는 자고 있고, 조오는 볼펜을 입에 물고 담배를 피우듯 입김을 허공에 내뿜고 있었다. 그는 버릇처럼 한쪽 다리를 책상 밖으로 내놓은 채 덜덜거리며 떨었다.

알란과 왕목사 논쟁을 들으며 나는 두 사람 견해를 다 이해할 수 있었다. 생명을 둘러싼 둘의 견해에는 뚜렷한 차이가 있었다. 그러나 알란 주장도, 왕목사가 하는 말도 모두 일리 있는 말이라고 생각했다. 그러면서 드는 생각. '그럼 난 뭐지? 나와 지수와의 관계는? 그리고 지수가 고집해 낳았을 아기는?' 이런 생각이 들면서 나는 다시 어둡고 무거운 나락의 세계로 곤두박질쳤다.

11

우린 티비에서 보여 주는 각 학교 졸업식 장면을 우울하게 지켜보았다. 졸업식이 끝나고 밖으로 쏟아져 나온 아이들이 같이 온 부모나 친구들과 기념사진을 찍고 있었다. 졸업생들의 폭력을 예방하기 위해 경찰관이 배치되고, 그럼에도 몇몇 아이들은 운동장 가에서 밀가루를 뒤집어쓰고 이를 하얗게 드러내며 웃었다. 친구들끼리 온 아이들이었다. 쉼터에 있는 우리가 만일 졸업식장에 있다면 우리도 그럴지 모른다는 생각이 들었다.

나는 나도 일 년 후 졸업을 할 수 있을까 생각했다. 휴학이나 자퇴를 한다면 나는 고등학교를 졸업하지 못할 것이다. 고등학교도 졸업하지 못하다니, 하는 생각에 끝없는 자괴감이 밀려들었다. 나는 티비에서 눈길을 돌렸다. 알란은 자기 방에 틀어박혀 나오지 않았다.

"아으, 빨리 시간이 가서 고딩 딱지를 떼야 하는데."

조오가 앉은 채로 기지개를 켜며 크게 하품했다. 이제 나와 조오 알란은 고3이 된다. 고3. 말만으로도 긴장감이 묻어나는 고3. 남들은 가족이 합심해서 대학 진학을 위해 전력투구한다.

그러나 우리들에게 그 같은 일은 남의 나라 이야기였다. 마음은 불안했지만 불안한 마음을 다잡고 공부할 수 있는 처지는 전혀 아니었다. 형벌이나 다름없는 고3 기간을 같이 견뎌 줄 가족이 있는 것도 아니고, 또 그럴 형편도 못 되었다. 대학은 둘째 치고 우선 지금 다니는 고등학교나 빨리 졸업했으면 하는 마음이 굴뚝같았다.

티비는 졸업식 장면에 이어 남도의 봄소식을 전하고 있었다. 반쯤 녹은 얼음 밑으로 콸콸대며 물이 흐르고 솜털에 싸인 버들개지가 맑은 햇빛에 낭창대고 있었다. 졸업식과 봄. 하나의 세계가 마무리되는 졸업식과 일 년이 새로 시작되는 봄. 2월, 겨울과 봄 두 계절이 마주하는 사이에 끼어 있는 달. 우연일까. 아니면 티비 프로그램 편성자가 의도적으로 그리한 것일까? 티비에서 비쳐진 두 장면을 보면서 나는 아무것도 마무리하지 못하고, 그렇다고 새 출발을 다짐하지도 못한 채, 이곳 쉼터에 도피하듯 숨어 있다는 생각에 마음이 무거웠다.

왕목사와 논쟁을 벌인 후 알란은 더욱 말이 없었다. 그는 자기 방에서 나오지 않았고, 식탁이나 거실에서 마주칠 때 깊은 사색에 잠겨 있는 표정이었다. 그는 때로 자신을 억제할 수 없다는 듯이 무슨 말인가를 하려다 말았고, 그러한 그의 태도는 나를 불안하게 했다. 왜냐면 나는 알란이 어떤 삶을 살았고, 왕목사와 논쟁을 통해 알란 생각이 어떠하다는 것을 구체적으로 알게 되었기 때문이었다. 왕목사와 논쟁이 끝난 후 그는 이런 말을 했었다. 자기뿐만 아니라 사람들 대부분이 사실은 삶에 희망이 없다고. 우리 시대 희망은 외부에서 누군가에 의해 주입된 것으로, 다가가 잡으려고 하면 사라져 버리는 무지개 같다고. 그런데 사람들은 그 희망이란 것에 속고 산다고. 지금 고통을 참고 견디면 언젠가 좋아질 것이라는 희망이 불행한 삶을 견디게 하지만 엄밀히 말해 그것은 사기라고. 기득권 세력이 하층민에게 퍼뜨린 거짓 희망. 그리하여 밑바닥 사람들이 희망이란 것에 사로잡혀 노예 같은 삶을 사는 동안, 거짓 희망을 유포한 기득권 세력은 부와 명예와 쾌락 등 우리 사회 모든 것을 다 누린다고 했다. 나는 알란 말에 고개를 끄덕였다. 왕목사 말보다는 알란 말이 보다 현실적으로 피부에 와 닿았기 때문이었다.

나는 알란과 이야기할 기회를 가졌으면 했다. 봉사활동이든 알바든 알란과 한 조가 되어 밖에 나가고 싶었다. 알란이 자기 이야기를 나에게 들려 준 만큼 나도 알란에게 내 이야기를 들려

주고 싶었다. 특히 지수에 대한 이야기를 해 주고 싶었다. 지수와 있었던 일에 대해, 그리고 내가 왜 이곳에 오게 되었는지에 대해. 그렇게 알란에게 나의 비밀을 이야기함으로써 나는 너를 신뢰하고 너와 오래도록 친형제 이상의 우정을 나누었으면 좋겠다는 뜻을 표현하고 싶었다.

그런 어느 날 쉼터가 발칵 뒤집혔다. 알란이 죽은 것이다.

알란이 죽었다. 아침 식사 전 청소시간에도 알란은 일어나지 않았다. 조오가 에기에게 알란을 깨우라고 했다. 알란 방에 갔던 에기가 아무렇지 않게 나와 알란 형이 안 일어난다고 말했다. 이번엔 조오가 들어갔다. 알란이 덮고 있던 담요를 들췄는데도 알란은 움직임이 없었다.

"사무장님. 알란이 이상해요."

조오가 소리치며 이층으로 뛰어올라 갔다. 우리는 청소를 하다 말고 우르르 알란 방으로 몰려갔다. 빛이 들지 않아 어둑어둑한 방 침대에 알란이 누워 있었다. 알란 방에서 비릿한 비린

내가 났다. 물에 불린 미역에서 나는 그런 비린내가 후더운 열기 속에 감지되었다. 나는 순간 이게 무슨 냄새일까 생각했다. 예전엔 없던 냄새였다. 식은 닭고기에서 나는 것 같기도 하고 이제 막 바다에서 건져 올린 어패류에서 나는 것 같기도 한 비린내가 방 안에 가득했다. 잠시 후 사무장이 뛰어내려 왔다. 사무장이 귀를 알란 코에 귀를 대고 뺨을 가볍게 두드렸다. 그래도 알란은 꼼짝하지 않았다.

"야, 알란. 정신 차례 임마. 일어나."

사무장이 다시 알란 뺨을 두드렸다. 머리칼이 뒤로 젖혀져 창백한 이마가 드러난 알란이 미동도 하지 않았다. 그때였다. 사무장이 담요를 걷어치우자 알란 팔이 침대 밑으로 힘없이 툭 떨어졌다.

"저기 피요."

앞에 있던 에기가 소리쳤다. 알란 손목에서 흘러내린 피가 침대 귀를 붉게 적신 후 방바닥에 떨어져 자줏빛으로 엉겨 붙어 있었다. 우린 모두 피를 보자 그 자리에 얼어붙었다.

"야 조오. 빨리 이층에 가 119로 전화해."

조오가 뛰어올라 갔고,

"에기. 넌 내 사무실에 가서 압박붕대 가져와."

사무장이 말하며 알란 손목을 쥐었다. 나에게 책상 위 휴지를 달라고 했다. 내가 휴지를 건네주자 사무장이 휴지로 알란 손목을 감쌌다. 그런데도 알란은 아무 반응 없이 누운 채 눈을 반쯤 뜨고 있었다. 편안한 모습이었다. 몸부림친 흔적도 없었고 이를 악다문 모습도 아니었다. 알란 방에 진동하던 비린내가 피비린내였다니! 나는 순간 내 손으로 알란 눈을 감겨 주고 싶었다. 사무장이 무릎을 꿇은 채 알란 손목을 누르고 지혈했다. 나는 무서웠지만 알란 이마에 손을 얹었다. 반쯤 뜬 알란 눈이 금방이라도 깜박거릴 것 같았다. 나는 알란 눈을 쓸어내렸다. 알란 눈은 시든 꽃봉오리처럼 한 번 닫힌 후 다시 열리지 않았다. 에기가 압박붕대를 가져오자 사무장이 알란 손목을 힘주어 묶었다. 그런 와중에 구급차 소리가 들렸다. 구급차는 쉼터 대문 앞에서 경광등을 번쩍이며 대기했다. 구급 요원 두 명이 바퀴 달린 들것을 밀고 들어왔다. 그들이 들어오자 아이들이 급히 밖으로 나갔다. 담요를 들어낸 구급 요원이 알란을 들어 들것에 실었다. 그 바람에 알란 고개가 밑으로 툭 떨어졌다. 난 "조심하세요." 외치며 알란 머리를 두 손으로 바쳐 들었다. 구급차 사이렌 소리에 놀란 주민들이 쉼터 골목에 나와 웅성거렸다.

알란이 실려 간 후 우리는 모두 어안이 벙벙했다. 난 가슴이 요동치고 토할 것 같았다. 알란이 죽다니. 나는 그 사실을 믿을 수 없었다. 문이 열려 있어 쉼터 거실에 겨울 찬 공기가 밀려들었지만 누구도 문 닫을 엄두조차 내지 못했다. 거실엔 구급 요원들의 흙 묻은 발자국이 그대로 찍혀 있었다. 골목에 나와 있던 사람들이 쉼터 안을 쭈뼛거리며 들여다보았다. 한참 후 주방 아줌마가 문을 닫았다. 나는 아줌마가 문을 닫고서야 우리들 모두 혼이 빠진 유령처럼 거실 한가운데 서 있다는 것을 알았다. 티비가 켜져 있었지만 아무도 그것에 신경 쓰지 않았다. 우린 아침청소 중이었고, 그때 알란이 죽은 것을 발견했으며, 알란이 병원에 실려 간 것이다. 이 어이없는 소란. 아침나절 잠깐 동안의 시간 속에 알란이 죽어 병원으로 실려 간 것이다. 나는 정신을 차릴 수 없었다. 내 방에 와 의자에 앉아서도 무슨 일인지 생각을 정리할 수 없었다. 알란이 죽다니. 나는 눈물도 나오지 않았다. 나는 알란 눈을 감겨 주기 위해 알란 얼굴을 쓸어내리던, 아직도 서늘한 감촉이 그대로 남아 있는 내 손바닥을 물끄러미 바라보았다.

주방 아줌마가 알란 방바닥을 닦으려고 했다. 나는 문득 사건 현장을 보존해야 하지 않을까 싶었다. 아줌마에게 말하자 아줌마가 걸레를 들고 나와 거실 바닥에 있는 구급 요원들 발자국을 닦았다. 나는 알란 방에 가 보았다. 방바닥에 피가 그대로 굳어 있고 책상에 그가 읽던 책 몇 권이 놓여 있었다. 침대 위 담요 밑에 고무 인형이 있었다. 순간 나는 망설였다. 그 인형을 내가 집어야 할지를. 그러다 인형을 집어 들었다. 배꼽 주위를 꾹 누르자 삐익 소리가 났다. 나는 인형을 들고 내 방으로 왔다. 불빛 아래 인형을 자세히 살펴보았다. 머리, 목, 팔, 다리, 몸통의 윤곽만 남았을 뿐 다른 장식물들은 모두 떨어져 나가 나무토막이나 다름없었다. 나는 인형을 뒤집어 등을 살폈다. 거기 '생명에 이르는 병'이라는 글자가 칼로 새겨져 희미하게 남았다. 그래, 이제 나는 이 말이 무엇을 뜻하는지, 어떻게 알란이 이 말을 인형에 새겼는지 알고 있었다. 그런데 자세히 보니 바로 그 옆에 못이나 날카로운 칼 끝으로 새겼을 것 같은 또 다른 글자가 눈에 들어왔다. '알 란卵'이라는 글자였다. 알란? 나는 그 글자를 보며 알란 별칭이 '알 란卵'이었는지 비로소 알았다.

알란. 왜 알란이라고 했을까? 알란이 자기 별칭을 그렇게 사용하게 된 까닭이 여러 갈래 떠올랐다. 지금의 어려운 처지를 빨리 벗어나고 싶어서 알에서 깨어나는 새 생명처럼 자기도 새롭게 태어나고 싶어서? 등등. 이런 생각들이 엉킨 실타래처럼 마구 뻗어 가는데, 그런데 왜 죽었을까?, 죽을 이유가 없는데, 여기에 생각이 미치자 눈물이 걷잡을 수 없이 흘러내렸다. 나는 두 손으로 얼굴을 감싸 쥔 채 소리죽여 흐느꼈다. 아무리 생각해도 알란이 죽을 이유가 없었다. 그렇다면 타살? 누군가에 의해 죽임을 당했다면? 그렇다면 누가? 밖에서라면 몰라도 쉼터 안에서, 그것도 자다가? 그렇다면 내부 누군가에 의해서? 조오? 나는 알란과 조오가 싸우던 장면을 떠올렸다. 둘 사이가 좋지 않았지만 그렇다고 살인까지 할 원한 관계는 아니었다. 그렇다면 누가? 혹시 예전의 그 중국인 해커 조직? 그들이라면 그럴 수도 있겠다는 생각이 들었다. 자기들 조직을 검찰에 폭로한 보복으로. 하지만 알란이 죽은 곳은 쉼터 안 자기 방이었다. 그것도 카터 칼로 손목을 그어서.

주방 아줌마가 식사하라는 말에 정신이 겨우 들었다. 나는 밥을 먹지 않았다. 나는 조용히 일어나 알란의 고무 인형을 알란 침대에 갖다 놓았다.

그는 자신을 심 형사라고 했다.

"잠깐 서에 가서 진술서 하나만 쓰면 돼."

그가 쉼터 내부를 둘러보며 말했다.

"이 아이들만 하면 이제 끝나는 거죠?"

원장님이 얼굴이 붉어진 채 어쩔 줄 몰라 하며 말했다. 그도 그럴 것이 알란의 죽음에 대한 조사가 어떻게 나오느냐에 따라 그에 대한 책임을 원장님도 면할 수 없겠기 때문이었다. 심형사가 현관문을 열고 앞장서 나왔다. 쉼터 앞 눈이 희끗희끗 쌓인 골목에 경찰차가 시동을 건 채 대기하고 있었다.

"타."

심 형사 말에 나와 조오가 차에 올랐다.

"잘하고 와."

열린 문으로 우리가 고개를 내밀자 사무장이 굳은 얼굴로 말했다.

"조사하고 바로 보내겠습니다. 들어가세요."

심형사가 원장님에게 악수를 청했다. 허리 굽혀 인사하는 원장님 정수리가 눈에 들어왔다. 밖에 나와 있던 쉼터 아이들이 손을 흔들었다. 그들은 이미 나와 조오보다 먼저 조사를 받았다. 록키나 크리스는 조사받을 때 있었던 일 하나하나를 틈만 나면 이야기했다.

골목을 빠져나온 차가 사이렌을 울리며 대로에 진입했다. 사이렌 소리에 마음이 바짝 긴장되었다. 가슴이 철사 줄로 옥죄듯 오그라들었다. 나는 옆에 앉은 조오를 힐끗 바라보았다. 조오도 긴장했는지 아무 말도 하지 않고 빳빳하게 앉아 밖을 내다보았다.

내가 먼저 조사를 받았다. 경찰서에 들어서자 그곳에 있던 사람들 눈길이 우리에게 쏠렸다. 나는 순간 멈칫하며 주춤거렸다. 심 형사가 의자를 하나 가져다주며 앉으라고 했다.

"애들은 뭐여?"

컴퓨터 자판을 두드리던 경찰 하나가 묻자,

"쉼터에 있는 애들여. 그 알란인가 뭔가 죽은 애잖여?"

심 형사가 아무렇지 않게 말했다.

"너무 긴장하지 말고. 지금 하는 조사가 너희들이 범인이라서 하는 게 아니야. 쉼터에 같이 있었으니까 몇 가지 참고인으로 조사하는 거야. 내 말 무슨 말인지 알겠지?"

그가 책상 밑을 더듬어 음료수 캔을 꺼내 내밀었다. 나는 캔을 받아 책상 모서리에 놓았다.

"먼저, 이름은?"

"안평대입니다."

"나이, 주민번호."

"18세. 970802 – *******."

"직업은? 학생이지?"

나는 그렇다고 했다. 그는 나에게 학교와 주소 쉼터에 얼마나 있었는지 등에 대해 물었다. 나는 그가 묻는 대로 대답했다. 그가 컴퓨터에 눈을 고정시킨 채 자판을 쳤다.

"박경섭을 알지요?"

"네? 누구요?"

"박경섭."

"박경섭요? 아, 네. 알아요."

나는 박경섭이 알란 본명임을 처음 알았다. 나는 속으로 박경섭 하고 불러보았다. 몇 번 그 이름을 허끝에 놓고 굴려 보았지만 전혀 내가 아는 알란이란 인물과 결합되지 않았다. 심 형사는 계속 알란과 언제부터 알게 되었나, 알란의 평소 행동 중 이상한 점은 없었나, 알란이 선덕원이라는 고아원에 있는 것을 알았는지 등에 대해 물었다. 나는 내가 아는 것을 사실대로 말했다. 그러면서 두 가지가 고민되었다. 하나는 알란이 있던 선덕원 원장이 후원금을 착복한 사실과, 알란이 중국 해커들에게 고용되어 해킹한 사실에 대해 말해야 하나 하는 점이었다. 나는 심 형사가 묻는다면 사실 대로 말하려고 했다. 그러나 심 형사는 묻지 않았다. 그러한 사실조차 모르는 것 같았다. 심형사가 자판에서 눈을 들어 나를 빤히 바라보며 물었다.

"당신은 박경섭의 죽음이 자살이라고 생각하십니까, 타살이라고 생각하십니까? 그렇게 생각하는 이유에 대해 말해 주십시오."

나는 이 말에 선뜻 대답하지 못했다. 내가 머뭇대자,

"그러니까 평대 네가 생각할 때 어떠냐는 거야. 특별한 의미가 있는 것은 아니니까 너무 부담 갖지 말고 네 생각 대로 말해 봐."

심 형사가 재촉했다. 나는 아마도 자살일 거라고 말했다. 심 형사가 지금까지 작성한 문답서를 내밀며 읽어 보라고 했다. 내가 한 말과 조금이라도 다른 부분이 있으면 수정하겠다고 했다. 내용에 이상이 없었다. 그가 나보고 문서 맨 끝에 이름을 쓰고 서명하라고 했다.

내 조사가 끝나고 조오 차례였다. 조오가 심 형사 앞 의자에 앉고 내가 조오가 앉았던 소파에 앉았다. 수사과 내부가 시장만큼이나 사람들로 북적였다. 거의 모두 어떤 사건에 연루되어 조사받는 사람들이었다. 나는 문득 이 공간이 답답함을 느꼈다. 탁한 공기에 긴장한 탓인지 머리가 아프고 속이 메슥거렸다. 심 형사에게 밖에 나가 있어도 되냐고 했다. 그가 그렇게 하라고 했다. 나를 돌아보는 조오에게 손을 흔들어 준 후 나는 수사과를 나왔다. 밖에 나오자 눈발을 머금은 겨울 하늘이 암청색으로 무겁게 가라앉았다. 경찰서 담장 밑에 눈이 쌓여 있었다. 나는 담배를 꺼내 불을 붙였다. 찬바람과 함께 담배 연기가 가슴 깊숙이 밀려들어 갔다. 폐가 뻐근하도록 찬 공기를 들이마신 후 허리가 굽어질 때까지 천천히 내뱉았다. 몇 번 그렇게 하자 메슥거리던 속이 진정되었다.

알란 죽음은 자살로 결론이 났다. 그동안 수사를 위해 출입 금지 되었던 알란 방도 다시 개방되었다. 주방 아줌마가 그 방을 깨끗이 치웠다. 나는 혹 고무 인형이 없어질지 몰라 미리 그 방에 들어가 인형을 챙겼다. 알란의 모든 것이었던 인형을 알란이 영원히 가는 길에 보내 주어야겠다는 생각에서였다.

　장례식은 하루만에 치러졌다. 알란이 생활했던 선덕원 원생들과 학교 반 친구들, 그리고 쉼터에 있는 우리들 몇 명이 조문객의 전부였다. 어른으로는 쉼터 원장님과 선덕원 원장 알란의 학교 담임으로 보이는 이가 전부였다. 나는 선덕원 원장에게 침을 뱉고 싶었다. 그는 검은 색 양복에 검은 넥타이를 매고 있었는데, 짙은 색 안경에 머리를 올백으로 빗어 넘겨 연예인 같았다. 고아원을 운영한답시고 알란 후원금을 착복한 그가 무슨 자격으로 알란 장례식에 왔는지 알 수 없는 일이었다.

　나는 알란 영정 앞에 하얀 국화꽃 한 송이를 놓아 주며 알란의 명복을 빌었다. 알란이 수의로 갈아입고 입관할 때 나는 눈물을 흘리며 고무 인형을 알란 가슴에 올려놓아 주었다. 잘 가,

하늘나라에서 행복하게 살아. 너를 버렸던 엄마도 만나고. 나는 가슴이 먹먹하여 메어지는 것 같았다. 혀끝을 깨물고 소리죽여 흐느꼈지만 나도 모르게 이따금 오열이 터져 나왔다. 조오도 록키도 크리스도 에기도 사무장과 원장님도 모두 울었다. 알란 가슴에 올려놓은 고무 인형이 눈물에 굴절되어 흐릿하게 보였다.

오전 한나절 잠시 문상객을 받은 후 곧바로 알란 시신은 화장터로 옮겨졌다. 큰 찻길에서 방향을 틀어 산 속으로 들어가는 차 속에서 나는 나도 모르게 긴장이 되었다. 지금까지 한 번도 와 보지 못한 화장터였다. 길이 녹지 않아 장의차가 부르릉거리며 힘겹게 올라갔다. 날이 추운데도 화장터는 사람들로 붐볐다. 미리 온 사람들과 차로 북적였다. 우린 마지막으로 알란을 떠나보내는 예배를 보았다. 예배는 원장님 주관 하에 이루어졌다. 원장님의 굵고 낮은 목소리가 떨렸다. 나는 예배를 보는 동안 진심으로 알란 명복을 빌었다. 잘 가. 하늘나라에서 꼭 엄마 만나.

알란이 화장되는 동안 우린 대기실에서 아무 말도 하지 않은 채 기다렸다. 록키와 크리스가 울음을 그치고 가볍게 장난을 쳤다. 조오는 유리창에 이마를 대고 끝없이 어깨를 들썩였다. 나는 조오 등 뒤에 가 그의 어깨를 감싸 안았다. 그가 몸을 돌려 나를 향해 울먹였다.

"알란에게 미안해, 정말. 내가 잘못했어."

그가 흐느꼈다. 나도 참았던 눈물이 다시 쏟아졌다. 나에게 처음으로 자기 이야기를 한 친구였는데, 이제 며칠 후면 쉼터에서 나가 다시 선덕원으로 돌아갈 예정이었는데, 자기를 미워하는 원장이 있어도 학교만 졸업하면 나오는 자립 정착금 5백만 원을 받기 위해 자기는 무슨 일이 있어도 다시 고아원으로 가야 한다고 했었는데. 그런 알란이 죽다니. 그토록 삶에 대한 의지가 강했던 알란이, 그것도 스스로 손목을 그어.

알란 뼛가루는 화장터 인근 산에 뿌려졌다. 흰 장갑을 낀 원장님과 사무장, 그리고 우리 중 원하는 사람이 한 줌씩 뿌렸다. 나는 조오와 같이 알란 뼛가루를 뿌렸다. 흰 눈이 쌓여 있는 산에 은회색 뼛가루가 바람에 날려 흩어졌다. 알란 영혼이 모눈종이 한 칸보다 더 작은 가루가 되어 바람을 타고 날아갔다.

12

 알란 방은 텅 비어 있었다. 우리는 어둠에 잠겨 있는 알란 방을 보며 저마다 우울해 했다. 방 앞을 지나다 보면 마치 침대에 알란이 누워 있는 것 같아 다시 들여다보기도 했다. 티비 앞에서도 우린 말 없었다. 납보다 무거운 침묵이 쉼터 안을 맴돌았다. 알란이 죽은 후 내 머리 속을 떠나지 않는 의문은 왜 알란이 죽었을까 하는 것이었다. 평소 알란은 사회에 곱지 않은 시선을 갖고 있었다. 이렇게 고등학교를 졸업해 대학에 가거나 사회에 나가도 별 볼일 없는 밑바닥 인생을 살 거라는 것. 그런 절망스런 생각에 알란은 죽음을 택한 것일까? 그러나 다시 생각해 보면 그런 것 같지도 않았다. 알란은 자기 앞의 생에 대해 상당한 의욕을 보이고 있었다. 무엇보다도 다시 가고 싶지 않은 고아원에 자립정착금을 받기 위해 가려고 하지 않았던가.

 그 즈음 나에게는 말 못할 고민이 또 하나 있었다. 내가 과연 학교에서 3학년에 진학할 수 있을까 하는 것이었다. 그동안 학교를 너무 많이 결석해 출석일수가 미달되지 않을까 하는 생각이 들었다. 일 년 중 1/3 이상을 출석하지 않으면 학년 진급이 안 된다는 말을 들어서였다. 알란 죽음과 학년 진급이 불투명한 데서 오는 걱정과 우울함으로 하루하루가 지루하게 흘러가던 어느 날, 조오가 쉼터를 떠나야 하는 날이 다가왔다. 우리는 조오 퇴소를 기념하기 위해 천 원씩 돈을 걸었다. 에기가 슈퍼에 가 과자를 사오고 원장님이 케익과 과일을 준비했다. 우린 촛불을 켜 놓고 식탁에 둥그렇게 앉았다. 원장님이 좌우를 둘러보며 말했다.

"알란이 있었다면 조오보다 먼저 퇴소했을 텐데 그렇지 못해 안타깝다. 알란도 하늘나라에서 조오가 퇴소하는 걸 보고 있겠지. 조오, 퇴소를 진심으로 축하한다. 그동안 3개월 간 있으면서 불편했을 텐데 잘 있어 줘서 고맙다. 앞으로는 이런 데 오지 말고 집에서 부모님과 잘 지내. 이제 학년도 고3이잖아. 아직 아무것도 늦은 게 없어요. 오히려 젊은 날 방황이 나중에 인생을 사는데 큰 자산이 될 수도 있어. 중국의 유명한 문호인 노신이라는 사람이 이런 말을 했어요. '청춘시대에 갖가지 우행을 경험하지 않은 사람은 중년이 되어 아무런 힘도 갖지 못한다.' 난 이 말이 사실이라고 믿어요. 그러니 지금 당장 힘이 든다고 절망하지 말고 꿋꿋하게 한 번 살아 보는 거야. 어차피 인생은 장거리 마라톤이니까. 조오, 알았지? 축하해."

원장님이 솥뚜껑 같은 큰 손으로 조오 등을 투덕투덕 두드렸다. 조오가 겸연쩍은 웃음을 띠며 이마에 흘러내린 머리칼을 쓸어 올렸다. 원장님 말에 이어 조오가 이야기했다.

"석 달 동안 정들었는데, 나가서 잘 할 게요. 원장님, 사무장님 고맙습니다. 평대, 록키, 크리스 고마웠어. 에기도 잘 있어. 나중에 우리 커서 다시 만날 수 있으면 좋겠다. 그럴 수 있을지 모르지만."

조오가 간단히 말을 마쳤다.

"조오 너는 학교 졸업하고 곧바로 해병대 자원한다며?"

사무장 말에,

"네. 그렇습니다. 충성!"

조오가 앉은 자리에서 큰 소리로 거수경례를 했다. 그 바람에 우리 모두 웃음이 터졌다.

케익을 자르고 과일을 먹고 처음 서먹서먹하던 분위기가 무르익었다.

"요즘 군 자원입대는 몇 살이지?"

원장님이 사무장에게 묻자,

"해병대는 만 18세입니다."

조오가 대신 크게 말했다.

　알란도 없고 조오도 없는 쉼터는 삭막했다. 둘 사이가 안 좋아 서로 싸우기도 했지만 쉼터에서 둘이 차지한 비중이 얼마나 컸던지, 그들이 없고 보니 비로소 그 존재감을 실감할 수 있었다. 이제 쉼터에서는 내가 최고참이었다. 2월이라서 쉼터에 새로 들어오는 원생도 없었다. 우리는 쓸쓸한 가운데 하루하루를 무료하게 보냈다. 그러다 보니 이런저런 생각들이 복잡하게 머릿속에 맴돌았다. 나는 알란을 떠올리며 그가 왕목사와 논쟁하던 생명에 대해 생각했다. 생명에 이르는 병. 참다운 생명에 이르기 위해서는 아픔의 고통을 견뎌야 한다는 것. 거기까진 나도 쉽게 이해했다. 그런데 생명이란 무엇인가에서 그들의 의견이 엇갈렸고⋯. 여기까지 생각하는데 문득 이런 생각이 스쳐지나갔다. 생명이 무엇인지 알기 어렵다면 반대로 생명이 아닌 것을 알면 되지 않을까 하는. 사랑도 그렇지 않은가? 누구나 알 것 같은 사랑도 막상 그것이 무엇이냐고 물으면 대답이 쉽지 않아진다. 사랑? 사랑이 사랑이지, 이렇게 돼 버리고 만다. 그건 생명도 마찬가지다. 그러나 사랑이 아닌 것을 말하기는 쉬워진다. 미움은 사랑이 아니다, 헐뜯고 욕하는 것 또한 사랑이 아니다, 배반하고 버리는 것 역시 사랑이 아니다, 이런 식으로. 그렇다면 생명이란 말도 그렇지 않을까. 유혹, 권력, 버리다, 질투, 이런 것은 참다운 생명과 거리가 멀다. 이겨냄, 감싸 안음, 함께 함, 이런 것이 참생명이다.

생각이 이에 미치면서 지수 얼굴이 떠올랐다. 나는 지수만 생각하면 가슴에 큰 돌이 얹힌 듯 답답했다. 그렇다면 그동안 내가 한 행위는? 사랑도 생명도 아니었다. 나는 아기를 낳겠다는 지수를 피해 이곳 쉼터에까지 숨어들어 왔으니까. 나는 무서웠고 당황했고 나에게 던져진 문제를 무작정 피하고 싶었다. 그러는 동안 시간이 흘렀고, 문제는 아무것도 해결되지 않은 채 확대되었으며, 오늘 여기까지 오게 된 것이다. 나는 나의 처지를 객관적으로 보게 되었다. 고2라는 인생 무대에서 일어나고 있는 일을 누군가가 연기하고 있다는 느낌으로 바라보면서 지금 처한 나의 사정을 객관적으로 볼 수 있었다.

그러자 마음이 편해졌다. 하룻밤 가라앉힌 흙탕물처럼 구름이 비껴 간 맑은 하늘처럼 마음이 맑아졌다. 그렇다면 어떻게 해야 할까 깊이 생각했다. 지금이라도 내가 사랑과 생명의 편에 서기 위해서는? 혼란과 방황에서 벗어나 한 인간으로 책임 있는 태도를 취하려면?

나는 원장님 방문을 두드렸다. 잠시 후 문이 열렸다.

"웬일인가, 평대 학생."

"드릴 말씀이 있어서 왔습니다."

"어, 그래? 들어와. 여기 앉아."

원장님이 커다란 손을 들어 소파를 가리켰다. 큰 몸집에 비해 원장실이 너무 작았다.

"요즘 심심하지? 알란도 없고, 조오도 없고."

원장님이 두꺼운 뿔테 안경을 밀어 올리며 말했다.

"어디 보자. 평대도 얼마 안 있어 퇴소해야지?"

"2주 남았습니다."

"신학기 고3에 복학하겠구먼."

나는 원장님 말씀에 대답하지 못했다.

"왜, 무슨 문제가 있나?"

내가 아무 말이 없자 원장님이 나를 안경 너머로 주시했다.

"할 말 있으면 해 봐. 내가 힘닿는 대로 도와줄 게."

나는 원장님 말씀이 끝나기 무섭게 쉼터에서 나가겠다고 했다.

"지금 뭐라고 했어? 쉼터에서 나간다고?"

"예."

"왜, 무슨 일 있나? 왜 갑자기?"

원장님이 놀란 듯 잔기침을 했다. 나는 불쑥 말을 꺼내 놓은 채 뒷말을 잇지 못했다. 고개를 숙인 채 엄지손가락 살점만 뜯었다. 나와 원장님 사이 무거운 침묵이 흘렀다. 한동안 나를 지켜보던 원장이 주방 아줌마에게 차 한 잔 가져오라고 했다. 달큼하고 구수한 차 향기가 방 안에 가득 퍼졌다.

"자, 마셔. 마시고, 천천히 얘기해 봐."

"원장님. 저에게 돈을 빌려 주십시오."

"돈? 돈은 왜?"

"돈이 필요합니다."

원장님이 내 말에 헛헛 헛웃음 쳤다. 내 목소리가 긴장한 나머지 끝이 갈라져 나왔다. 나는 아랫입술을 깨물며 단호하게 다시 말했다.

"돈이 필요합니다."

"무슨 돈을, 얼마나?"

"백만 원만 빌려주십시오."

"백만 원이나? 뭐하게?"

"그건 말씀 드릴 수 없습니다. 하지만 꼭 필요합니다."

내 말에 원장님이 자세를 고쳐 앉으며 나를 똑바로 바라보았
다. 나는 얼굴이 화끈거렸다. 입 안의 침이 말랐다. 찻잔을 들어
차를 마셨지만 차의 맛도 몰랐다. 나는 한편으로는 당황하면서
도 그러나 물러설 수 없었다. 알란이 죽고 조오가 퇴소한 후 나
는 지수와의 문제에 대해 깊이 생각했고, 그 결과 최종적으로
내린 결론이 이것이었다.

"밑도 끝도 없이 돈을 빌려 달라? 그것도 백만 원이나. 그러
면서 그 이유에 대해서는 말을 못하겠다. 평대가 생각하기엔 어
때? 그게 이치에 맞나?"

"맞지 않습니다."

"그럼 나도 빌려줄 수 없지. 왜 돈이 필요한지에 대해 먼저 이
야기하고 그 돈을 어디에 쓸 거며 언제까지 갚겠다, 만약 갚지

못하면 어떻게 하겠다 하는 말을 구체적으로 해도 빌려줄지 말
지 모르는데, 그러지 않으면서 돈을 빌려 달라?"

원장님 목소리에 무게감이 실려 있었다. 시멘트 바닥에 커다
란 쇠뭉치를 굴릴 때 나는 듯한 소리였다. 그러나 화가 난 음성
은 아니었다. 나는 단도직입적으로 들이대는 나 자신이 좀 한심
해 보였다. 마음이 급하다 보니 어쩔 수 없이 그렇게 했지만, 원
장님 말씀을 듣고 보니 나라도 그러면 돈을 빌려주지 않을 것
같았다.

"왜, 무슨 일인데. 말을 못 하겠나?"

"아닙니다. 말씀 드릴 게요."

"그래. 얘길 해 봐, 천천히. 내가 도울 수 있으면 도와줄 게."

"여자 친구 때문인데요."

나는 온몸을 쥐어 짜 겨우 입을 열었다. 온힘을 다해 입 밖으
로 밀어낸 말이었지만 목소리가 모기 소리만큼이나 작았다. 이
렇게 말하기 어려운 때가 또 있었을까. 말을 하면 할수록 목구
멍이 조여들어 마음 속 말을 하나하나 끄집어내는 것 같았다.

나는 원장님께 내 사정에 대해 모두 이야기했다. 이지수라는
여자 친구를 중3 때부터 사귀었고, 고1 겨울방학 때 알바가 끝

난 후 관계를 맺어 임신하게 되었다는 것. 내가 낙태를 하자고
했지만 지수가 끝내 아기를 낳겠다고 고집해 서로 싸운 후 내가
연락을 끊었다는 것. 나는 이 모든 것이 무서워 집을 나와 가출
한 후 여기저기를 떠돌다 쉼터까지 오게 되었다는 것.

　원장님이 내 말을 듣고 손바닥으로 얼굴을 감싼 채 아무 말이
없었다.

　"그동안 마음고생이 심했겠구나. 비밀은 사람의 간장을 녹이
지. 비밀이 있는 사람은 얼굴 빛도 다른 사람에 비해 검다. 그래
얘기 잘 들었고, 평대 네가 그런 말을 해줘서 고맙다. 그런데 지
금 그 지수라는 아이는 아기를 낳았니?"

　"아마 낳았을 거예요."

　"아기를 낳아 기르겠다는 거지?"

　"예. 그래서 많이 싸웠어요."

　"그런데 왜 이제 와서 지수를 만나려고 해?"

　"만나야 될 것 같아서요. 지금까지는 연락도 끊고 피했는데,
여기 있으면서 그게 좋은 태도가 아니라는 생각이 들었어요. 제
가 한 일에 대해 그것이 어떤 결과를 가져 오든 책임을 져야 한
다고 생각해요."

내 말이 끝나기도 전에 원장님이 내 손을 덥석 쥐었다. 두터운 손바닥이 내 손을 따뜻하게 감쌌다. 나는 순간 가슴이 뭉클했다. 오랜만에 느껴 보는 사람의 뜨거운 체온이었다.

"그래 잘 생각했어. 아주 훌륭한 생각이야. 그런데 왜 그렇게 생각하게 됐어?"

"아무래도 그래야 할 것 같아서요."

"그럼 평대는 지수를 만나 아기를 같이 키울 거니?"

그 말에 나는 다시 대답하지 못했다. 지수를 만나는 일과 아기를 키우는 일은 좀 다른 문제라는 생각이 들었다.

"제 생각엔 키울 수 없을 것 같아요."

"그런데 왜 지수를 만나?"

"이미 아기를 낳았다면 입양에 대해 말해 보려구요. 그리고 그것도 안 된다면…."

"안 된다면?"

"이제 정말 안 만나려고요."

"그러니까 평대 너는 입양하길 원하고 이지수라는 여자 친구가 그것도 거부하면 앞으로 만나지 않겠다. 그렇게 하는데 드는 돈 백만 원을 빌려 달라, 그 말이지?"

"예."

"빌려주면 어떻게 갚아?"

"알바해서 갚겠습니다. 고3 졸업하기 전까지 무슨 일이 있어도 꼭요."

그렇게 말하면서 나는 재빨리 원장님을 살폈다. 원장님이 고개를 크게 끄덕였다. 순간 나는 내가 할 말은 다했다, 그것이 원장님 마음에 들든 그렇지 않든 나는 내 마음을 솔직히 다 털어놓았고 이제 원장님 결정만 기다릴 뿐이다, 라는 생각이 재빠르게 지나갔다.

"좋아. 그렇게 해."

원장님이 굵고 짧게 말했다. 나는 그 자리에서 벌떡 일어나 고맙다고 허리 굽혀 인사했다.

"그렇게 하기로 하고. 평대에게 말해 줄 게 몇 가지 있어."

원장님이 등을 소파에 기대며 말했다.

"우선 기성세대의 한 사람으로 평대 학생이 처한 어려움을 같이 해결하고 싶다. 사람은 누구나 살다 보면 온갖 어려움에 맞닥뜨리는 때가 있어. 혼자 힘으로 해결하기 어려운 일을 말이야. 그럴 때 누군가의 도움이 필요해. 마치 시냇물을 건너는 데

밟고 건너는 징검돌 같은 것 말이야. 여기서 저 건너로 건너기만 하면 되는데, 그러고 나면 그 후 또 다른 인생이 펼쳐지는데, 지금 당장 밟고 건널 징검돌이 없어 건너지 못하고, 좌절하고, 심지어 극단적인 선택을 하게 되고. 특히 청소년들이 그래. 내가 이 쉼터를 운영하는 것도 그런 갈 곳 없는 청소년들을 위한 징검돌 역할을 할 수 있지 않을까 해서야."

원장님이 식은 찻잔을 들어 입술을 적셨다.

"5월 11일이 무슨 날인 줄 아니?"

"아뇨. 몰라요."

"입양의 날이야. 5월 5일 어린이 날, 5월 8일 어버이 날, 5월 11일은 입양의 날이야. 우리나라 미혼모 시설에서 생활하는 70% 이상이 24세 미만의 여성들이야. 거의 대부분 십대 청소년들이지. 청소년들이 임신을 하게 되면 당장 학업을 중단해야 하고 남자의 배신과 경제적인 문제로 아기를 낳는 순간, 아기를 양육해야 하나 포기해야 하나 하는 갈등에 빠지게 돼. 아빠의 배신으로 홀로 아기를 키워야 하는 엄마들은 육아에 대한 스트레스도 크지만, 아이에게 아빠의 빈자리를 채워 주어야 한다는 부담감, 생활고에서 오는 어려움 등으로 처음엔 아기를 기르려고 하다가도 포기하게 돼."

나는 원장님 말씀을 들으며 고개를 들 수 없었다. 나는 지금도 누가 지수를 사랑하냐고 묻는다면 그렇다고 말 할 수 있다. 그런데 그 동안 내가 한 행동은 사랑은 커녕 완전 무책임한 것이었다.

"아기를 갖게 되면 부모도 학생도 거의 대부분 낙태를 하려고 해. 특히 부모가 안다면 더 그렇지. 그러다 보니 요즘은 학교에서도 자기 학교 여학생이 임신을 하면 아기를 낳으라는 쪽으로 권유해. 휴학해서 아기를 낳고 다시 복학하라고. 아기를 낳은 후 다시 그 학교에 복학할지 안 할지는 당사자가 결정할 문제지만, 아무튼 국가정책은 그래. 예전에는 학생이 임신하면 무조건 퇴학이었는데 지금은 안 그래. 아이를 낳고 다시 학교에 다닐 수 있도록 바뀌었어. 인구가 주니까 한 사람이라도 더 아기를 낳으라는 거지."

그러면서 원장님은 입양을 생각하는 내 생각이 바람직하다고 했다. 원장님 말에 의하면 남학생과 여학생이 서로 사귀다 임신을 하게 되면 처음엔 남자가 울고불고 하면서 내가 잘못했다 내가 책임지겠다 하다가, 딱 2주가 지나면 태도가 돌변해 아기를 지우자고 한다고 했다. 반면 여자는 무서워서 아무 생각도 하지 못하다가 아기를 끝까지 낳으려 한다고 했다.

"십대 남자와 여자들이 뜻을 같이 해서 아기를 낳아 기르더라도 사고 없이 잘 기르는 경우는 매우 드물어. 주위 편견도 그렇고 경제적인 문제도 그렇고. 또 십대들은 아직 인격적으로 성숙하지 않아 자기 감정을 잘 제어하지 못하고 책임감이 약해 화가 나 싸우게 되면 바로 관계가 깨지게 돼. 또 남자의 경우 군대도 가야 하고, 젊은 나이에 아빠로 고생하는 것을 참지 못해 외도를 하게 되고, 그러면 또 싸우고, 깨지고. 결국 아기를 기르지 못하고 헤어지게 돼. 그래서 나는 처음부터 주위 청소년이 아기를 낳으면 입양을 하도록 권하고 있어."

나는 원장님 말씀에 쥐구멍에라도 숨고 싶었다. 내가 하고 있는 고민을 이미 원장님은 꿰뚫고 있었고, 원장님 앞에 온몸이 발가벗겨지는 것 같아서였다. 어떻게 이럴 수 있을까 싶었다. 누구에게도 말하지 않고 지금까지 지켜 온 비밀이 비밀 같지도 않았다. 아무리 어른이라지만 어떻게 내가 처한 상황을 손금 보듯 알고 있을까? 어쩌면 원장님은 지금 십대 청소년들이 임신을 하게 되면 일어나는 일반적인 일에 대해 말하고 있는지도 몰랐다. 아마도 그럴 것이다. 그렇지만 그것이 나 개인의 문제로 와닿을 땐 느낌이 달랐다. 그것은 내가 겪는 나만의 문제였고, 그로 인해 나는 지금까지 피를 말리는 고통 속에 살아오지 않았던가.

그러면서 지수가 했을 마음고생이 떠올랐다. 자기가 임신했다는 사실을 아는 순간부터 지금까지 지수가 겪었을 고통은 또 어땠을까? 지수는 아무에게도 임신 사실을 말하지 않고 아기를 낳았을 것이다. 어디 가서 낳았을까? 학교는 어떻게 했을까? 지수 혼자 그렇게 전전긍긍하는 사이 나는 전화번호까지 바꿔 가며 지수를 피해 숨었다. 내가 얼마나 원망스러웠을까? 얼마나 나를 비난하고 원망하다 끝내 체념해 버렸을까? 아기는 낳았겠지? 아무도 모르는 곳에서 그것도 혼자? 얼마나 무서웠을까? 돈은 어떻게 했을까? 지금은 어떻게 하고 있지? 이런 생각이 갈피 없이 들면서 가슴이 불에 달군 인두로 지져지는 것 같이 아팠다. 흑, 숨을 몰아쉬며 나는 결국 눈물을 터뜨렸다. 걷잡을 수 없이 눈물이 쏟아졌다. 내가 어깨를 들썩이며 흐느끼자 원장님이 화장지 통을 옆에 놓아 주었다.

"죄송합니다, 원장님."

원장님이 일어나 내 어깨에 손을 올려놓았다.

"저도 무서웠어요. 잘못인 줄 알면서도 어쩔 수 없었어요."

내가 흐느꼈다. 원장님이 말없이 손바닥으로 내 어깨를 토닥였다. 그렇게 얼마나 울었을까? 나는 마음을 진정시키기 위해 애썼다. 휴지로 코를 풀고 깊이 심호흡했다. 그런데도 굵은 눈물이 뺨을 타고 흘러내렸다.

"내가 한 가지만 더 말해 줄게."

원장님이 허리를 앞으로 굽히며 말했다.

"평대는 지수라는 여학생을 사랑하지?"

내가 대답 대신 고개를 끄덕였다.

"그런데, 우리가 흔히 말하는 그 사랑이라는 것에 대해 한번 생각해 보자고. 사람이 어떤 대상을 사랑한다고 느끼는 순간은 분명히 있어. 그런데 그런 사랑의 감정이 일상적으로 늘 지속되지는 않아. 일상이란 사랑보다는 그냥 하나의 생활로 이어지지. 내가 왜 이런 말을 하냐면 평대가 지수라는 여학생을 만나도 둘이 꼭 행복해질 수만은 없다는 거야. 아기를 기를지 입양할지 결정해야 하는 일도 그렇고, 또 기른다고 해도 둘 사이가 계속 사랑하고 행복한 가운데 아기를 기를 거라고 보지는 않아.

그보다는 매일 싸우고 돈이 없어 쩔쩔매고 주위 눈총을 견뎌야 하고, 그러다 보면 서로 지치고 다시 또 싸우다 헤어질 수 있지. 그것이 현실이야. 그래서 나는 평소 입양을 권하는 거고. 그런데도 지금 평대는 지수를 만나려고 해. 일이 어떻게 되든 지금처럼 피해 있기 보다는 지수를 다시 만나려고 하지. 난 그러한 평대의 태도가 사랑의 감정보다 중요하다고 생각해. 사랑의 감정은 일시적이지만 태도는 인간이 어떻게 행동할지 방향을 결정짓게 하니까. 어떤 일에 대해 깊이 생각한 후 마음 속 울리는 내면의 소리에 따라 행동을 결정하고, 그렇게 결심한 이상 좌우 돌아보지 않고 앞으로 밀고 나가려는 태도. 또 지수라는 여자 친구에게 떠안긴 고통을 함께 나누려는 마음. 처음엔 무서워서 도망쳤지만, 시간이 흐르면서 서서히 두려움을 걷어낸 자리에 찾아드는 양심. 지금처럼 상황에 끌려다니기만 해서는 안 되겠다는 고뇌와 결단. 만나려는 행위 안에는 이러한 모든 것이 포함되어 있어. 그래서 나는 평대가 지수를 만나겠다는 뜻을 존중하고, 도와주기 위해 돈을 빌려주겠다고 한 거야."

원장님이 두 손을 맞잡아 비비며 자기 말이 이해되냐고 물었다. 내가 그렇다며 고개를 끄덕였다.

"그래, 관계가 회복되든 다시 파탄이 나든 우선 만나야지. 컴퓨터도 어떤 프로그램을 돌리려면 먼저 로그인을 해야잖아? 사람의 삶도 마찬가지야. 인생이란 프로그램을 돌리려면 만남이라는 로그인부터 해야지."

그러면서 원장님이 언제 떠날 거냐고 물었다.

"내일 당장 떠나겠습니다."

"좋아. 쇠뿔도 단김에 빼랬다고, 마음먹었을 때 하는 게 좋지."

원장님이 자리에서 일어나 책상 서랍을 열며 말했다.

"빌린 돈은 어떻게 해서든 올해 안에 갚아야 하고, 만에 하나 못 갚으면 어쩌지?"

"반드시 갚겠습니다. 믿어 주십시오."

"이렇게 하지. 올해 안에 갚되, 만약 못 갚으면 빌린 돈만큼 앞으로 평대가 사회복지사가 되어 여기 쉼터에 와 근무하는 것으로. 어때? 괜찮지? 사회복지사는 2급과 1급이 있는데, 마음만 먹으면 될 수 있는 길이 아주 많아. 청소년기 방황한 경험을 바탕으로 이곳에 와 일해 보는 것도 좋을 거야."

"예. 그러겠습니다."

"좋아. 그러면…."

원장님이 인터폰으로 사무장을 불렀다. 원장님이 사무장에게 내 휴대폰을 가져오라고 했다. 잠시 후 사무장이 휴대폰을 가져왔다. 쉼터에 입소할 때 맡겼던 휴대폰이었다.

"다른 물건은 또 없지? 그리고 이건 차용증인데, 나한테 돈을 빌렸다는 영수증이야. 읽어 보고 서명해. 그리고 이건 각서인데, 돈을 언제까지 갚겠다는 것과 못 갚을 경우 어떻게 한다는 각서야."

나는 차용증과 각서에 서명했다. 원장님이 돈은 오늘 안으로 마련해 주겠다고 했다.

"이제 다 됐네. Dont Worry, Be Happy! 무슨 말인지 알지? 걱정하지 마, 잘 될 거야. 그런데 그 여자 친구는 지금 어디 있는지 아나?"

"연락해 봐야 합니다."

"그래."

원장님이 미소를 머금고 고개를 끄덕였다.

"그럼 오늘이 여기서 마지막 밤이네. 마음이 복잡하겠지만, 차분히 앞으로 어떻게 할지 생각을 잘 정리해 봐. 너무 걱정하지 말고. 삶에 대한 희망은 누구나 가질 수 있는 것이니까."

나는 원장님에게 인사한 후 원장실을 나왔다. 저녁식사를 하려던 크리스와 에기가 무슨 일이냐고 물었다. 나는 내일 쉼터를 떠난다고 말했다. 원생들이 깜짝 놀라 무슨 일이냐고 물었다. 나는 바로 떠나야 할 급한 일이 생겼다고만 말했다.

오늘이 쉼터에서 마지막이라는 생각에 모든 일이 새롭게 다가왔다. 식탁에서 저녁식사를 하는 일도 티비를 보는 일도 내 방에 들어와 책상 앞에 앉아 있는 일도 모두가 마지막으로 하는 일이었다. 사무장이 간단한 퇴소 기념식을 마련해 주었다. 우린 식탁에 모여 케익을 잘라 먹었다.

"평대가 쉼터에 있은 게 얼마 동안이지?"

"두 달 5일째예요."

"평대 인생에 아마 여기서 있었던 일은 잊지 못할 거다. 니들도 마찬가지고."

사무장 말에 우리 모두 가볍게 웃었다.

그날 밤 사무장이 나에게 돈을 건넸다. 오만 원짜리 스무 장이 들어 있는 흰 봉투였다. 나는 봉투를 옷 주머니에 깊이 넣었다. 침대에 걸터앉아 휴대폰을 켰다. 두 달 만에 전원이 들어온 휴대폰이 부르르 기지개를 켰다. 나는 머릿속으로 지수 전화번호를 떠올렸다. 열한 자리 전화번호가 선명히 떠올랐다. 어떻게 이 번호를 잊을 수 있겠는가? 지수를 피해 도망치기 전까지 수천 번도 더 했던 전화번호 아닌가. 번호를 누르는데 손이 떨렸다. 신호가 갔다. 입 안의 침이 마르고 누군가 뒤에서 목을 당기는 것 같았다. 가슴이 마구 뛰어 심장이 밖으로 튀어나올 것 같았다. 몇 차례 신호 끝 "이 번호는 더 이상 사용하지 않는 전화번호입니다."라는 멘트가 흘러나왔다.

순간 찬 얼음덩어리가 등줄기를 타고 흘러내리는 것 같았다. 눈앞이 캄캄하고 온몸이 오그라들었다. 이럴 리가 없었다. 분명 이 번호였는데. 다시 전화했다. 같은 멘트가 흘러나왔다. 그렇다면 지수도 그동안 전화번호를 바꾼 걸까? 나 같은 인간은 다시 보지 않겠다고? 그날 밤 나는 뜬 눈으로 지새웠다. 한숨도 잠을 잘 수 없었다. 지수도 전화번호를 바꾸고 나처럼 잠적했다면? 지수를 만날 방법이 없었다. 밤의 어둠 속 누워 있는 내 몸이 허공에 떠올라 산산이 부서지는 것 같았다. 지수를 만날 방법에 대해 고민하고 고민했지만 좋은 생각이 떠오르지 않았다. 어디선가 지금쯤 지수는 아기를 낳았을 것이다. 분명 미혼모 시설 어딘가에 있을 것이다. 그렇지만 그곳을 어떻게 찾아낸단 말인가?

다음 날 아침 나는 쉼터를 나왔다. 골목을 나서며 나는 주머니 속에 들어 있는 돈 봉투를 손으로 더듬어 다시 확인했다. 골목 응달에 눈이 쌓여 있었다. 2월 찬바람에 은행나무 빈 가지가 앙클하게 흔들렸다. 앞길이 막막했다. 그러나 나는 어디로든 가야 했다. 지수를 만나기 위해. 〈끝〉